せつなの嫁入り

黒崎 蒼

富士見L文庫

もくじ

第一章　帰らぬ夫

生まれてから今まで、じっと待って耐える人生だった。

そして理不尽なことに耐えることには慣れていた。なにがあってもそれが運命なのだ、とすんなりと受け入れる。そしてなんてことないとばかりに、ゆったりと微笑んで見せる。そうすることで自分がか弱く無力で、惨めであることを考えずに済んだ。

だが、そうして待って、待って、二年も待たされた挙げ句、いくらなんでもそれはない、理不尽すぎる、と自分の運命を呪いたくなった。

「……無理やりにでもご結婚を決めてしまえば、藤十郎様がこちらにお帰りになるかと思っておりましたが、どうやら浅はかな考えだったようですな」

襖の向こうから、こちらの気まで滅入ってしまいそうな大きなため息が聞こえてくる。

「そうだねぇ。あの娘と結婚させてからこの二年というもの、むしろ藤十郎の足はこちらから遠ざかっているような気がするねぇ。まさか正月にも帰って来ないとは」

あの娘、とは私のことだ。

せつなは立ち聞きをする気などなかった。しかし夜、こっそりと庭に出た帰りにたまたま通りかかった大奥様の部屋の前でひそひそと話す声が聞こえてきて、ついつい立ち止まってしまったのだ。

周囲の様子を窺い誰もいないことを確かめると、目立たないように身を屈めて襖に耳を当て、部屋の中の会話を聞こうと耳を欹てた。

「そもそも、京で職を得ようと思うと話したときに、もっと反対すればよかったんだ。帝の命を受けて京を警護する立派な仕事に就いたと聞いたときには、それは藤崎家にとって名誉なことだと喜んだが、盆も正月もろくに帰ってこないとは」

「ええ。ゆくゆくは藤崎家当主となる藤十郎様です、京との繋がりがあった方がよい、様々な経験をさせた方がよいとの旦那様のお考えでしたが……このままでは京から戻らなくなるのではないでしょうか」

話しているのは大奥様、つまりせつなの義理の祖母と、使用人たちの長、大番頭である柘植であろう。大奥様は大旦那様亡き後、藤崎家でかなりの発言力を持っている。

「藤崎家の当主に相応しいようにと、なんとか手を尽くして華族の娘を嫁にとったというのに、まさか祝言の日にも姿を現さないとは」

そうなのだ。

せつなは藤十郎に会ったことがない。自分の夫である人の顔も知らないのだ。

「お優しい性格の藤十郎様のことです、故郷の妻のことを思い、たびたびこちらにお帰りになるだろうとの狙いでしたが……かえって藤十郎様の足を遠ざけてしまいましたな」

柘植は悔やむように言う。

それはせつなのせいではないはずだが、責められているように感じてしまう。ご馳走(ちそう)を用意したのに、そのご馳走が不味(まず)くてかえって避けられてしまった、というように聞こえたからだ。

せつなが藤十郎の顔を知らないように、藤十郎もせつなの顔は知らず、お互いにどのような人であるのか知らない。だからせつなに原因があるとは思えない……のだが、それでも自分が悪いように考えてしまう。

「古くから続く華族の家柄の娘だ。これほどない婚姻だというのに、なにに不満があるというのかね」

「しかしまあ、若奥様のあのご様子では、あの方のためにたびたびこちらへ帰るというのは難しかったように思えますが」

「そうだねぇ」

大奥様は呆(あき)れたように語り出す。

「華族の娘だというから、もっと雅(みやび)な雰囲気があるたおやかな女性かと思っていたが、まるでそんな雰囲気がないね。こんなことならばもっと器量よしで、働き者の女性を嫁にもらった方がよかったかもしれない。その方が商家の嫁には相応しかっただろう。華族の娘だというから、こちらも気後れしてしまって、あれこれ頼むこともできないし、あの娘も自分からなにかしようなんてしない。暗い部屋に閉じこもって書物を読んでいるなんて陰気でいけないよ」

「そうですな。このままでは無駄飯を食べさせているようなものです。そろそろなにか手を打つときでは？」

「本当にね。まったく藤十郎ときたら。そんなに京での仕事が大事かね？　こちらのことなど全く顧みようとせずに」

大奥様の嘆きが大きいことがこちらにも伝わってきて、せつなの胸はぎゅっと締め付けられた。

藤十郎は次期当主としてかなり期待されている。藤崎家は江戸時代から続く庄屋で、これから別の商いもしていこうという話が持ち上がっている。それには早く藤十郎に京から戻ってもらい、家業を継ぐための準備をして欲しいという意向なのだ。

この屋敷で二年暮らしてきたが、その間、藤十郎を悪く言う声は一度たりとも聞いたことがない。親族はもちろん、三十人ほどいる使用人も、屋敷の周囲に住まう人も、みんな藤十郎のことを好いているようで、帰りを心待ちにしている。

せつなが馴染みのない場所でこうして暮らしてこられたのも、藤十郎の妻だということが大きかったように思う。

だが、それもそろそろ限界のようだ。せつなが外を歩いていると、どうして藤十郎様は帰って来ないのか、と責めるように聞いてくる人がいるし、親族の人たちは白けた目つきを向けてくることがある。使用人たちも厄介者のように扱うようになってきた。こちらの言うことをろくに聞いてくれず、最近せつなの部屋だけ掃除が行き届いていないように感じる。使用人がふらついて破った襖の穴は、もうふた月もそのままだ。

「そろそろせつなには、暇を与えた方がいいかもしれないねぇ」

その言葉は氷の刃(やいば)のようにせつなの胸に突き刺さった。すっと血の気が引いた後には心臓の鼓動が高まり、立ち上がれないほどの苦しさを感じた。

暇を与える、つまり離縁させて、実家に戻すということだ。

それはどうか勘弁してください、と床に頭を擦(こす)り付けたい気持ちになる。

実家に戻ってもせつなの居場所などないのだ。せつなの両親は共に他界しており、居るのは兄と兄嫁だけである。兄は去年結婚したばかりだ。そんなところへせつなが戻っても、兄はともかく、兄嫁はいい顔をしない。

兄嫁の実家は厳しい家で、くれぐれも出戻ってくるようなことがないように、ということを匂わす文を送ってきたことがある。夫が戻らない、との事情は知らぬようであったが、結婚して二年経っても子がいないことを訝(いぶか)しがったのか、夫との仲は上手(うま)くいっているのかと尋ねてきた。

そして、せつなとその兄は両親を亡くしているから、自分たちが僭越ながら少々口を挟ませてもらうが、嫁ぎ先で可愛がられることこそ女の幸せであり、まかり間違っても離縁させられるなんてことはあってはならない。もしなにか辛いことがあっても耐え忍ばなければならない、石に齧り付いてでも離縁なんてことは避けなければならない、一度嫁いだならば、死ぬまで嫁ぎ先に尽くさなければならない、とのことまで書かれていた。

せつなのことを思って、と書きながら嫁いだ自分の娘のことを気にしていることがありありと分かるような文で、もし本当にせつなが離縁されて、実家に戻るようなことになったらかなり困ったことになるだろうと予感させられた。

これでは、せっかく縁談をまとめてくれた兄に迷惑がかかってしまう。

兄は本当ならば知らぬふりで打ち捨てられても無理がない……とある事情があるせつなを救ってくれたのだ。そして、方々手を尽くしてこんなよい縁談をまとめてくれた。

せつなはふらふらと立ち上がり、気付けば自室に戻り、仄かな燈台の明かりが灯る薄暗い部屋で荷物をまとめていた。

実家に帰るためではない。藤十郎に会いに行くためだ。

今まで何度も京へ文を出した。しかし、その文にさえ藤十郎は返事をくれない。まるでせつなの存在などないようにしているようだ。それはあまりに理不尽ではないか。理不尽なことには慣れているが、それにしても、である。

夫のことを考えていたら、涙が出そうになってきた。しかしせつなはそれをぐっと堪えて、荷物をまとめることに意識を向けた。

それに、もしこのまま離縁されてしまうにしても、我が夫の顔を一度も見たことがないのは切ない。

せつなは首から紐で提げていた小袋の中から、赤い石を取り出した。母の形見だと言って渡された紅玉の守り石だった。

母はよくせつなに『決して人を憎んではいけません』と言っていた。

その言葉の通りに生きているが、ときにそれが心を縛っているような気がしていた。憎まないように。こんなことはなんでもないのだから……と振る舞っていたけれど、本当は悲しくて苦しくて、消えてしまいたくなることもあった。これからもずっと、こんな理不尽に耐えていかなければならないのかと思うと、堪らない気持ちになる。

もう私にはここ以外に居場所がないのだ。なんとしても夫には戻ってもらわなければ困る。文が駄目ならば、もう直接行ってお願いするしかない。

せつなは赤い西陣織の風呂敷に包んだ荷物を持って立ち上がった。

藤十郎様は優しい人だ、と彼を知る誰もが言っている。

ならばその優しさで、なんとかこちらの言い分を聞き入れてくれないだろうかと考えた。

離縁を言い渡された女性がもう一度嫁ぐことはとても難しい。人並みに結婚して、子供を儲けて……かつては諦めていたことだったが、その幸せを摑めると心躍らせて嫁いできて、その結果がこれではあまりに悲惨だ。

暗がりの中、しんと静まり返っている母屋を出て中庭を突っ切り、裏門から出ようとしていたところでふと気配を感じて振り向いた。

そこには白い犬が月明かりの中に佇んでいた。なんだか、とても寂しそうな表情に見える。どこへ行くのだ、自分を置いて、と言っているように思える。

「シロ、一緒に行く？」

そう声を掛けると寂しそうな顔から一転、嬉しそうに尻尾を振って、こちらへと駆けてきた。

こうしてせつなとお供の犬は、誰にも仔細を告げずに夜半過ぎに藤崎家を出て、そのまままだ見ぬ京に向け山間の暗く寂しい路を歩いていった。

慣れない山道を歩き続け、途中で何度も人に道を聞き、なんとか街道を通って京までたどり着けたのは、奥沢にある藤崎家を出てから五日後のことだった。

通りの向こうまで見通せる長い大路の左右に並んだ建物、行き交う多くの人々に圧倒されてしまい、とんでもないところに来てしまったと戸惑いつつも、今まで自分が居た場所とはまるで違う光景に目を奪われた。

（私が暮らしていた所と地続きの場所にこんなところがあったなんて……）

せつなが今まで暮らした場所は、実家も、藤崎家もどこか閉鎖的な雰囲気だった。

だが京は違う。まるで異世界に来たようだ。

通りすがっていく、自分と同じ年くらいの女性を目で追う。

緑地に白い花模様が入った着物を着て、紺色の袴をはいていた。髪を高いところで結い上げて、紫苑色の風呂敷を持って、凛とした空気を纏って颯爽と歩いている。世の中にはこんな女性も居るのだと、憧れにも似た感情を抱く。

それに比べて……自分は華族の血を引くはずなのにとても惨めに感じた。五日も歩き詰めだったために草履は擦り切れ足袋は薄汚れている。鮮やかな紅色、と思っていた自分の着物は、京にいる人たちの着物を見るとくすんでいるように感じた。

少しの寂寥を抱えて、しかし物珍しさに通りの店を見ながら歩いていると。

「……お腹が空いた」

ついつい口に出してしまい、鴨川にかかる大きな橋の脇でしゃがみ込んでしまった。

今までずっと歩き詰めで、足は酷く痛んだし、人の波に酔ってすっかり疲れていた。

「あ……おいなりさん……」

近くの店の軒下に、いなり寿司(ずし)、との吊下旗(つりさげばた)を見つけた。

腹の虫が騒ぎ出したが、自分は京に好物のいなり寿司を食べに来たのではないのだ。一刻も早く夫に会いに行かなければならない、と自分を奮い立たせようとするのだが、なかなか立ち上がることができなかった。

（……考えてみれば、決して歓迎されるはずがない……）

いっそのことこのまま奥沢に帰ろうかと迷ってしまう。

しゃがみ込んだ体勢のままで、どうしようかと考えていると不意に隣に気配がした。

見ると若い男が、せつなと同じ体勢でせつなと同じ方向を向いてしゃがみ込んでいた。

「わあっ……、と」

思わず声を上げて飛びのきそうになるが、彼はなぜかいたずらが成功したときの子供のように笑い、それから穏やかな声でそっと話しかけてきた。

「こんなところでどうしたんだい？　もしかして迷子とか？」

迷子、という響きが、なぜかとても幼い子供扱いをされたような気がして、急に話し掛けられて驚いたこともあり、少々語気を荒らげてしまう。

「ま、まさかそのようなことはございません。京にやって来たばかりで、疲れて少し休んでいただけです」

「京に来たばかりなのか。それは人の多さに驚くばかり、疲れてこんなところに座っているのも頷けるなあ」

緩やかに微笑む男の様子を見て、せつなの警戒心は緩んでいく。こんなところに年頃の女性がひとりでしゃがみ込んでいる姿を見て、心配して話しかけてくれたのだろう。

なんて優しい人だろう、と思うが、腰に刀を差しているのに気付いて戸惑ってしまう。優男のように見えるが、どこかの用心棒かなにかなのだろうか。

「……本当に道を失ったのではないの？」

「ええ、それは違います。行き先は分かっているのです。ただ、初めて訪ねて行くのに少々緊張しておりまして」

「ああ、そうか。それならいいんだ。迷子ならば案内しなければならないと思っていた」

そうして彼は立ち上がり、太陽を背にしてせつなを見下ろした。

「でも、こんなところで不案内な様子でしゃがみ込んでいると、それに付け込んで悪さをしようとする人もいるから気をつけて。日が暮れるまでに目的の場所に行くといいよ」

「はい、ご親切にありがとうございます」

せつなの言葉に頷き、男はそのまま歩いていってしまった。

（町の迷子を捜して、道案内をする人……？）

不思議な人だなと思ってその背中を目で追っていると、通りすがっていく人が彼に挨拶をしている姿が目に入った。もしかして名の通った人なのだろうか。

京に来るなり、そんな人に話しかけられて幸運だと思うと、少々前向きな気持ちになってきた。

せっかくここまで来たのだ。やはり夫には会いに行くべきだ。

しかし、こんな旅に疲れたみっともない姿では気が咎（とが）める。

まずは腹を満たしてから、どこかで宿を探して身なりを整えなければならない。

せつなはそう決意して、いなり寿司の吊下旗がある店へとひとり入っていった。

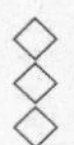

昼にはあんな賑（にぎ）やかで華やかな雰囲気だった京の町が、夜になると一変した。町は闇に沈み、空には分厚い雲がかかり月の輝きを隠し、建物の輪郭すら見えない。冷たい風が吹き、それはせつなを一層不安にさせた。
昼に親切な人に声を掛けられ、偶然入ったいなり寿司のお店でも旅疲れた様子からか、遠くからわざわざ京に来たのか、それは大変だったなと温かな歓迎を受けて、京はいいところだと感激した。そんな中で冷遇されると分かっている夫の元へと向かう決意ができず、うじうじとしている間にこんな時間になってしまった。

刻(とき)は子(ね)の刻。

せつなの目前には、いかにも恐ろしい形相をしたあやかしがいた。

初めに感じたのは臭い、だった。

食べ物が腐ったような酷い臭い。思わず鼻をつまんで、その場から立ち去りたくなった。

しかし逃げるような暇もなく、そのあやかしは姿を現した。

せつなの背丈の倍以上もある、猿のような見た目のあやかしだった。……いや、猿なんて可愛らしいものではない。牙(きば)をむき出しにしてよだれをだらだらと垂らし、赤い目を爛々(らんらん)と輝かせて辺りを見回し、ぐるぐると喉(のど)を鳴らしている。

早く逃げなければならない。向こうにこちらのことを気付かれないうちに。

しかしせつなは路地にしゃがみ込んだまま、ただただ、白猿のあやかしを見つめていることしかできなかった。

一体どうしたらと震えていたとき、あやかしがこちらへとふと目を向けて……そして目が合ってしまった。

目が合った途端に、あやかしはせつなを標的にすることに決めたようだった。目をぎらぎらと輝かせて、歓喜の雄たけびを上げる。

その雄たけびを聞いただけでも、身体が震えて、手にも脚にも力が入らなくなった。

まさか夫に会いに来たはずの京で、夫に会うことなくあやかしに殺されてしまうなんて。

しかし泣いても叫んでも、こんな暗闇の中で助けなんてやって来ないだろう。

これはもう覚悟を決めなければいけない、と恐れおののいていたときだった。

「……日が暮れるまでに目的の場所に行った方がいいと言ったではないか。たどり着けたのかとなんとなく気になっていたのだが、まさかこんなところでまた会うことになるとは思ってもいなかった」

「え？」

しゃがみ込んでいたせつながふと顔を上げると、そこにはいつの間にか何者かが立っていた。

暗がりで顔はよく見えなかったが、この声には覚えがあった。昼に親切にもせつなに話しかけてくれた男性だった。その視線はせつなではなくあやかしの方を向いている。

「あの……」

「いいから動かずにここにいて。すぐに片付くと思うから」

「え？」

片付くとはどういうことだろう、と思っているような暇もなかった。

一瞬、光が走ったことは確認できた……が、それだけで全ては終わった。

男が振り上げた刀は、あっと言う間にあやかしを切り裂いた。せつなはもちろん、あやかし自身も、なにが起こったのか分からなかったのではないのだろうか。あやかしは黒い靄(もや)になり、やがて地面に吸い込まれるように消えていった。

(こ、こんな一瞬で、あの恐ろしいあやかしを斬ってしまうなんて。あれは……あやかし斬りの刀、なのかしら？　この人は何者なの？)

こういったあやかし退治に慣れている者のように思える。もしかしてあやかしを討伐して歩き、それを生業(なりわい)にしているのだろうか。

昼にはあんなに優しそうな人に見えたのに、あやかしに対してなんの容赦もなかった。

一体どういう人なのだろうか、と気になったが、なにはともあれ自分はこの人に助けられたのだ。まずは礼を述べようと声を上げる。

「あの……あり……」

そう言いかけた途端に、男の視線はどこか虚空を見たままであることに気付いた。

もうあやかしは去ったのに、と思っていると不意になにか嫌な臭いがこちらへと近づいて来たような気がした。そして見ると、月明かりの下、せつなへと先ほどとは違う猿のあやかしが向かって来ていた。

(ま、まさかあやかしが二体いたの？　まるで気付かなかった)

襲われる、と思いぎゅっと目を閉じたがその衝撃はやって来なかった。

ややあって恐る恐る目を開けると、せつなの目前には男の背中があった。既(すん)のところで彼がせつなのところへ戻ってきてくれたようだ。

「笹塚、佐々木、いるか？　後は頼む」

男はせつなを庇うように新たに現れたあやかしの前に立ち、誰かへと呼びかけた。

すると、角から男たちが飛び出してきた。目前にいる男と同じ黒い着物に羽織を着ていて、そして帯剣していた。

ひとりが刀を抜き、大きく振り上げた。

そして、あやかしがそちらの男へと注意を払っている隙に、もうひとりの男が刀をあやかしへと振り下ろし……二体目のあやかしもあっという間に斬られ、黒い靄となりやがて消えた。

辺りに漂っていた不穏な気配は、一気に霧散し、漂っていた酷い臭いも、まるで初めからなにもなかったかのように消えた。

「……ふん、図体が大きい割にあっけなかったな」

二体目のあやかしを斬った男はなんでもないように言って刀を納めた。

「いやいや、笹塚、お前が刀の腕を上げたからだろう？　昔のお前だったら刀を構えたまぶるぶる震えているのが関の山だった」

「昔話はやめてくださいよ、佐々木さん。俺はもう昔のように臆病な子供ではない」

あんな恐ろしいあやかしを倒しておいて、こんななんでもない会話ができるなんて。もしかしてこういうことは京では日常茶飯事なのかとかえって恐ろしくなってきた。

「よくやったな、笹塚」

　せつなの近くにいた男が声を上げると、笹塚と呼ばれた男は得意げに鼻を鳴らした。

「こんなの大したことありませんよ、隊長。……と、誰かいるんですか？」

　そう言いながら彼はせつなの方へと視線を向けた。

「女……？」

　そう言いつつ、先ほど佐々木と呼ばれていた男が提灯の明かりを不躾にせつなの方へと向けてきた。そう眩しいものではなかったが、暗がりで急に向けられた光に思わず顔を背ける。

「ああ、なるほど。女が居たので隊長は動けなかったんですね」

　笹塚がせつなの顔を覗き込んできた。

　見知らぬ男三人に囲まれて、せつなは心細い思いとなっていたが、そういえば礼がまだだった。

「あの……助けていただいてありがとうございました」

「いや。それが我々の使命なのだから、気にする必要はない」

「使命……」

　それではやはりあやかしを討伐して歩き、それを生業にしているのだろうか。どういうことなのか詳しく聞きたい、と思ったがどうやらそんなにゆっくりしてはいられないようだった。

「怪我はないと思うが、迷子のようなのだ。とりあえず屯所へと連れて行ってやってくれないか？」

「迷子？　こんな時間に？」

「では、頼んだぞ。私はもう少し見回ってから戻る」

そうしてせつなを護(まも)ってくれていた男は颯爽(さっそう)と走って行ってしまった。

せめてお名前を、と思ったがそんな隙もなかった。

「ああ、ちょっと待ってくださいよ……って。隊長は相変わらずだな」

「では笹塚、この娘のことはお前に任せた」

そうして立ち去ろうとした男の袂(たもと)を、笹塚が掴(つか)んだ。

「待ってくださいよ、佐々木さん。それはないです。こんなところでこんな娘とふたりきりにさせないでくださいよ」

こんな娘、とはどういうことだろうと思ったが、考えてみればせつながこの男たちのことを知らないように、彼らにしてみればせつなも正体不明の者であろう。しかもこんな夜中にこんな場所に座り込んでいるなんて、怪しく思われても無理はなかった。

「それに、隊長は俺たちふたりに頼んだのだと思いますよ。隊長の命令に背いてもいいんですか？」

「命令とは大袈裟な……。まあ、いい。ほら娘、さっさと立て」

佐々木に乱暴に言われるが、そう言われてすぐに立ち上がることはできなかった。

「あの……私は大丈夫ですので。迷子とはいえ、行く場所は分かっているのです。明るくなったらそちらに向かおうと思います」

「お前の意志など関係あるか。隊長から屯所に連れて行けと言われたのだ。連れて行くより他にないだろう」

そんな言い方をしなくてもいいのに、と思いつつ、あまりのことにせつなはなにも言えなかった。

「もしかして立ち上がれないのか？　あやかしの姿に驚いて腰でも抜かしたのではないか？」

「い、いえ……そういうわけではないのですが」

せつなには人にはあまり話したくない、動けない事情があったのだ。

「私は本当に大丈夫です。連れもおりますので」

「連れ？」

「はい。あそこに」

せつなはついっと手を上げて、通りの角を指差した。

そこには行儀よくお座りをして、こちらのことを見ている白い犬の姿があった。

「……犬ではないか」

「はい、私のことを心配して付いて来てくれた忠犬です」

「犬が護衛になるか？　お前見たところ、薄汚れてはいるが仕立てのいい着物を着ているではないか。いいところの娘なのではないか？」

言われる通り、仮にも華族の娘である。

その身分ゆえ、不届き者に狙われてしまう可能性が高く、見知らぬ者には警戒するようにとくれぐれも言い聞かせられている。

あの優しげな男性の仲間の人たちならば信頼できるかと考えてみるが、それにしてもよく知らない人たちに世話になるのはあまりよくないのではないか。

もし夫にこのことを知られたら……夜中に華族の娘が町を徘徊(はいかい)していて、よく知らない人たちに助けられた、なんて。ただでさえ歓迎されないだろうに、余計に面倒に思われてしまうかもしれない。

「あっ、あのっ、本当に私はひとりで大丈夫ですので。お気遣いなく……」

「まったく大丈夫だとは思えない。それに、人の親切は素直に受けるものだぞ」

佐々木の声が不機嫌なものとなる。これは、素直に付いていったほうがよいのかもしれない。

「……ほら笹塚、動けないようだからおぶってやれ」

「え？　俺がですか？……ああ、もう。仕方ないなあ」

「い、いえいえ！　そんなおんぶだなんて子供ではないので大丈夫です」

慌てて言いながら近くの壁に手をついて、なんとか立ち上がった。

「なんだ、立ち上がれるじゃないか。だが、少し苦しそうだな？　持病でもあるのか？」

「いえ、そういうことではないのですが……」

せつなが無理して笑って見せると、ふたりは奇妙な顔つきとなった。

「まあいい。動けるならばさっさと行くぞ」

話が決まったら行動が早い。

ふたりはさっさと歩き出し、せつなはその後ろに続いた。

「シロ、おいで」

せつなが声を掛けると犬のシロは尻尾をぱたりと振ってから、せつなの後をついて来た。

そうしてせつなはふたりに置いていかれないようにと歩くが、今まで道に座り込んで動けなかったのである。いつものようにはいかない。

（どうしてあの人達、こんな暗がりの中を颯爽と歩けるのかしら？）

佐々木が提灯を持っているが、それは足許を少々照らしてくれるだけのものだ。歩き慣れた道である、ということはあると思うが。

男達の背中を見ながら、置いていかれないように必死について行った。

「……病気ではなく食い過ぎだって？　それであんな道ばたで座り込んでいたのか？　いい度胸をしているな」

いい度胸……とはもちろん褒めているのではなく、侮られていることが分かる。

彼らの隊の屯所に着いたとき、なかなか思ったように歩けなかった様子のせつなを気にしてなのか、具合が悪いなら医者を呼ぶかと言われてしまったので、食べ過ぎただけですと、ついつい本当の事情を話してしまったのだ。

すると、副隊長だという佐々木はとても呆れたような顔になって先ほどの言葉を吐き出したというわけだ。

「あの……お恥ずかしい話ではありますが、長旅の末に京にたどり着きまして。疲れ果てているときに好物のいなり寿司の吊下旗を見つけまして、それが美味しすぎて……ついつい食べ過ぎてしまったのです」

自分の脚で本当に京までたどり着けるのだろうか。

そんな不安があり、また旅の途中で満足に食事がとれなかったこともあり、せつなはすっかり飢えていたのだ。それが京にたどり着けた安堵感から、つい食べ過ぎてしまい、その結果、もう一歩も歩くことができなくなった。そして、人目につかない裏路地でしゃがみ込んでいたのだった。

「ならば心配など不要だな。この部屋を貸してやる。本来は下働きの部屋だが、今は空いているから勝手にしていい。布団？　道ばたにいるよりもマシだろ？」

佐々木は厳しい言葉を吐き捨てて、せつなを屯所の玄関近くにある小部屋に置いて行ってしまった。

こうして呆れられてしまうことが分かっていたから、恥ずかしくて言い出せなかったのである。しかし、それを知られたくないからと医者まで呼んでもらうことはできない。

(それに言われるように道端にしゃがみ込んでいるよりも大分ましだわ。疲れから眠くなったけれど、眠ることができずに難儀していたもの。硬い床で寝るのは……慣れているし)

そしてせつなは板張りの床に横になり、お腹に手をあてて、自分が食べたものがすっかり消化されることを待つことにした。

朝になったらまずこの住所へと行かなければならないと懐から文を取り出して眺めた……が、行灯（あんどん）の光もないため文字は読めなかった。ため息をついて懐に文を戻し、寝返りを打ったところで。

「うわっ、な、なに？」

せつなの横にしゃがみ込み、自分の頰に両手をあてつつこちらを見下ろしている男の存在に気付いた。

白い着流し姿の、燃えるような赤い髪をした男であった。瘦せていて、立ち上がると背が高そうだ。

「いやあ、屯所に珍客が来たと聞いて覗きに来たんだよ」

男はのんびりと言いながら、なにか珍しいものでも見るような目つきでせつなを見た。

「こんな夜中に裏路地で座り込んでいたんだって？　しかも、てっきりあやかしに驚いて腰を抜かしていると思ったのに、お腹がいっぱいで動けなかったって？」

（そんな恥ずかしい事情を人に話してしまうなんて……あの佐々木って人は……）

少々憎憎しく思ってしまったが、事実なので仕方がないだろうか。

「遠いところから来たって聞いたけれど、君の故郷ではみんなそんな感じなの？」

「いえ、そんな。そもそもこんなにお腹いっぱい食べることはありませんし……。京の食べ物が美味しくて、つい」

「………。ふぅん」

さして興味もないように呟いて、しかし、まだせつなの側から離れる気配はない。

「見たところ……そんな貧しい家の娘には見えない。そんな娘が供も付けずにどうして？」

「供はいます。シロが付いてきてくれました」

「シロ……？」

「犬です。忠犬なのです」

「犬だって？」

そして男は堪りかねたというように噴き出した。

「面白い娘だな。そうかそうか、犬をお供にわざわざ京まで。で、なにをしに来たの？」

実は夫を連れ戻すために、と言いかけてその言葉を飲み込んだ。

そうなると、二年も夫を待ち続けているという事情を話さなければならない。それは気が進まない。せつなを哀れな妻、夫を酷い男と思わせてしまうだろう。

「そうですね、少々雑事がありまして。ですが安心してください、朝になったらすぐにここを出て行きますので。これ以上の厄介事を持ち込む気はありません」

「いや、そんなことを言っているわけではないのだが」

「住所も分かっております。そこに行けば済む話なのです」

「住所も分かっているのに、今日はそこへ行かずに宿はどうするつもりだったんだ？」

「それはおっしゃる通りなのですが……」

せつなは苦笑いを漏らすことしかできない。

意気込んで京に来たはいいものの、いざ夫に会うとなると尻込みしてしまったという事情は話せない。

優しい……と評判の夫だったが、せつなに対しては違うかもしれない。なにしろ、出した文の返事も寄越さないのである。酷い言葉をぶつけられてしまう可能性もある。お前のような者のことは知らないと、すぐさま追い返されてしまうかもしれない。

そんなことを鬱々（うつうつ）と考えて暗い気持ちになってしまい、そしてつい食べる方へと気を向けてしまった。挙げ句、この失態である。自分が嫌になってしまう。

「まあ、よく分からないがなにかあったらうちの隊長に頼ればいい」

「隊長……。ああ、そうです。その方に助けていただいたのです。見も知らぬ私のことを気にかけてくださって、きちんとお礼を言いたいです」

彼が助けてくれなかったら、今頃せつなはあの白猿のお腹の中だったかもしれない。

「あの、お名前はなんとおっしゃるのでしょう？」

「隊長の名か？　藤崎藤十郎という」

「ふ、ふじさきとうじゅうろう……！」

思わず立ちあがり、そのまますぐさま立ち去りたい気持ちとなる。

藤崎藤十郎。

それはせつなのまだ見ぬ夫の名前である。

「隊長はとても素晴らしい人だ。困っている人を見ると放っておけない、正義感に溢（あふ）れた人なのだ」

（……ですが、故郷で困っている妻のためにはなにもしてくれません……）

それを考えると複雑な思いになってしまう。

「まったく性格が違う我らが隊としてまとまっているのは、藤崎隊長がいるからだ。そうでなければこの隊は、すぐに方向性の違いから解体しているだろうな」

「あの……この隊は一体なにをしているのですか？　警吏とも違う、あやかし退治を請け負っているような」

「……ああ、そうか君は京へ来たばかりだったんだ。ならば知らなくても無理はないな」

男はしゃがみ込んでいた体勢から一度立ち上がり、板床の上に正座した。

「我らは第八警邏隊（けいらたい）」

「第八……警邏隊？」

「ああ。第一から第七警邏隊は京の町の警備にあたっている隊なのだが、第八警邏隊は少々違う任務を帯びている。この京に跋扈（ばっこ）するあやかしを退治する任務だ」

「あやかしを……退治ですか？」

「俺はその一員で、橋本（はしもと）と言う。藤崎隊長を筆頭に、七人の隊士から成る。今はひとり故郷に戻っているから、六人だがな」

そういえば、我が夫には昔から不思議な力があったとは聞いたことがあった。

しかしまさか京で、そんな部隊の隊長をしていたとは初耳である。帝から勅命を受けて京の町を護る、人に頼られるような立派な仕事をしている、とだけ聞いていた。

「……ああ、しかし表向きはあやかし退治をしているということは隠している。警吏組織の一部隊ということになっているのだ。お前には我らがあやかしを討伐しているところを見られてしまったようだから今更誤魔化しようがないだろうし、京に住む者は皆知っていることだ。しかし、故郷に戻ってそれを周囲の者に話すようなことはできれば避けて欲しい。が、お前のようにぼんやりとした者が話しても誰も信じてくれないだろうがな」

「ぼんやり……しているでしょうか、私……」

「そうだな、こんな夜中に腹がいっぱいだからと道端に座り込んでいるような者は少なくとも京にはいない」

「は……い。そうですよね。本当にお恥ずかしいです……」

嫁ぎ先にも実家にも知られたくないことだった。ましてや、自分の夫には決して知られたくない。

「心配しているのだ。京はお前が住んでいた田舎とは違う。ぼんやりしているとすぐに悪い奴につけいれられるぞ」

そうしていたずらっぽく笑う。

会ったばかりだが、きっといい人なのだろうと思う。

「それにしても……京にはそんなにたくさんのあやかしが居るのですか？　いえ、故郷ではそんな日常的にあやかしを視（み）る機会はなかったもので」

　実はせつなはいわゆる視える体質なのであった。そんな自分を奇妙に思ったこともあったが、それを相談できるような人はいなかった。

「……七年前、帝が東へと住まいを変えてしまったからな。あやかしたちの動きを封じていた要（かなめ）を失った。そりゃ、あやかしの数も増える」

　江戸から明治へと世が変わり、江戸幕府が解体し、元江戸城は帝が住まう宮城となった。

　初めは帝は京に留（とど）まる予定であったのだが、上の方で色々な事情があったのであろう、今から七年ほど前に住まいを移した。そのときの京の人々の嘆きようは凄（すさ）まじいものだったと、田舎育ちのせつなでも聞いたことがあった。

「だが、あやかしが増えてしまったことを公にはしていない。京や、その周辺に住む民が混乱しては困るからな。知られぬうちに我らが討伐しているという訳だ」

「とても大変なお役目なのですね。それは分かりましたが、見ず知らずの娘にそこまで話して大丈夫なのですか？」

　せつなが聞くと、橋本は『あ……』と声を漏らした後、少々ばつが悪そうな顔をした。

「それもそうだった。もう黙ろう」

　橋本は立ち上がり、部屋から出て行った。

不思議な人だったなと思いつつ、ひとり部屋に残されたせつなは、急に色々なことがありすぎて、そして色々なことを聞きすぎて……夫が第八警邏隊なんてものに所属しているだとか……京は多くのあやかしが跋扈する地であっただとか……頭がいっぱいで破裂しそうだった。

（……今更あれこれ考えても事態が変わることはないし、今はゆっくりと身体を休めた方がいいわね）

なにかあったときにあまり悩みすぎないのはせつなの長所であろうか。今まで自分の力ではどうにもならない理不尽に晒されることが多くて、そう諦める癖がついてしまったのかもしれない。

月明かりが差し込む見知らぬ小部屋で瞳を閉じると、間もなく意識を手放した。

「昨夜隊長が助けた、小路の真ん中で食いすぎでぶっ倒れていた娘を連れて来ました」

この世で一番恥ずかしい紹介をされてしまった。

（……この佐々木って人、なんだかとても底意地が悪いわ。それに倒れていたわけではなく、ただ座り込んでいただけなのに）

朝になってから、せつなは一宿一飯の礼くらい述べよ、と言った佐々木に連れられて、藤十郎が居る部屋までやって来た。

畳敷きの部屋に正座をして、緊張した面持ちで待っていると、間もなくして現れたのが目の前にいる藤崎藤十郎、せつなの夫である。

藤十郎は男性にしては線が細く、見目麗しい人だとは聞いていた。

しかし、弱弱しい人ではない、と。剣術は免許皆伝であり、柔道は五段である、と。自分よりも身体が大きな男が酔っ払って川に入っておぼれそうになったとき、なんの躊躇いもなく川に入っていき、男を楽々と担ぎ上げて助けたのだと。

(故郷の人たちの話……絶対に大袈裟に話しているだけだと思っていたけれど、そうではなかったわ。この人がどんな人なのか、言葉を尽くしても全てを説明するのは難しいでしょうね)

仕草まで美しく、ただ部屋に入ってきて、座っただけなのに目を奪われてしまう。座ったなり、長い前髪が目にかかったのをさりげなくはらう仕草まで見入ってしまう。

(これ以上粗忽者だとは思われたくない。清楚で、大人しく、美しく……は難しいかもしれないけれど。妻として恥ずかしくない女性として振る舞わなくては)

せつなは姿勢を正し、襟元を整えた。

「結局昨日のうちに目的の場所にたどり着けなかったんだね。それはさぞや難儀していることだろう」

「い、いいえ。難儀というほどでは……」

その切れ長の目の奥の黒い瞳を見つめていることができなくて、ついつい目を逸らしてしまった。

「迷っているというならば、その場所まで隊士の誰かに案内させよう。住所は分かっているのか？」

「ええ、実は、私が訪ねて来たのはこちらなのです」

そうしてせつなは懐から文を取り出した。

故郷からわざわざ自分を訪ねて来たと知れば、感激して、今までの冷遇を悔いてくれるかもしれない。

せつなはそんな期待をしていた。この文は、藤十郎に会ったら渡そうと思っていた文である。二年も待ち続けたその気持ちを、上手く話せるかどうか不安があったために書き綴った文である。まずはそれを読んでもらい、それから身分を明かし……と考えていた。

せつなの文を佐々木が引っ手繰るように奪い、静々と藤十郎に差し出した。彼はそれを受け取ると、その形のよい眉毛を少々引き上げた。

「藤崎せつな……」

藤十郎は文を裏返し、そこに書かれていた名前を呼んだ。

「藤崎せつな？　隊長の親戚の方かなにかですか？　伺ったことがないお名前ですが」

佐々木が言うと、藤十郎は文の差出人の名に目を落としたままで呟く。

「私の妻だ……」

その言葉に、なぜか佐々木は腰を抜かさんばかり驚いた表情を浮かべる。

「隊長……」

佐々木は藤十郎の顔色を窺いながら慎重な口調で言う。

「結婚されていたのですか？」

（ええ……）

まさか妻の存在まで周囲に知らせていなかったとは予想外だった。

想像していた以上の不興ぶりに胸が痛くなってくる。まるで自分の存在の全てを否定されているように感じる。

「親同士が決めた結婚だ。私は結婚したつもりなどない」

冷たく、そしてきっぱりと言い切られた言葉は、せつなを奈落の底へと突き落とした。

（ああ……そうですよね）

せつなはゆるく笑ってしまう。

そう、分かっていたのだ。少したりともこちらに気持ちがあるならば、二年も顔を出さないはずがない、と。文の返事くらい寄越すはずだ、と。

気持ち。会ってもいない者に、とは思うが、せつなは文だけはたくさん出していた。こちらのことを分かって欲しい、そんな一心で。自分のことも書いたし、故郷のことも書いた。奥沢で初めての夏祭りのことだとか、蛍を見に出かけたこと、山々を彩った美しい紅葉のこと。心を込めて、何度も推敲して。使いに文を託すときには、どうか自分の思いが藤十郎に届くようにと願いを込めて手を合わせて……。

その全てを、自分とは関係のない女が書いた文だと黙殺したのだろう。

「困っているのだ。私は結婚などする気はないのだが、親は全く私の気持ちを分かってくれない」

昨日、京の町中で心細くしゃがんでいたところに、優しい言葉をかけてくれた人だとは思えなかった。

それほど実家に居る妻は、藤十郎にとって厄介な存在なのかと悲しい気持ちになってきた。本当は知っていたのだが、実際に会ってみた夫、藤十郎が思っていた以上に優しい人だったから、もしかして取り付く島があるのではないかと期待してしまった。

「で、お前は?」

佐々木に冷たく聞かれて、混乱したせつなはがばっと平伏し、額を畳に擦りつけた。

「私は……あなた様の奥方様から文を預かって参りました、萩原せつと申します。奥方様のお付きをしております……」

咄嗟にそんな嘘をついてしまった。

ここまで嫌われているのに、その妻が自分だとはどうしても言い出せなかった。

自分は藤十郎の妻であるせつなから文を預かって来た名もなき小間使い。その文を渡し、返事をいただいたらすぐさま故郷に帰ります、ということにしようと決めた。妻であることは明かさずに、このまま奥沢に帰った方がいいかもしれない。

(それにこんな立派な方なのに……私はこんな旅疲れた姿で)

自分が惨めで仕方がなく、それを認めたくなくて……自分自身を否定してしまったのだ。

「その……奥方様は……とても藤十郎様のことを心配されております。せめて文でもよいので、その近況を知らせていただきたい、と申しつかって参りました」

「文を届けにわざわざ奥沢から？」

「はい。いくら文を出しても返事がないと。奥方様はそれはそれは嘆かれておりまして。さすがに二年です。待ちきれなくなってしまったようで、私を使いに出して、どうにか返事をもらってくるようにと」

「随分と無理を言う妻で申し訳なかったな。お主のような娘を供もろくに付けずに、ひとりきりで使いにやるとは」

(……い、いけない)

これではまだ見ぬ妻の評価が下がってしまう。……いやいや、その妻は自分であり、その評価はこれ以上下がらないほどに低いのではないか、とだんだん混乱してきた。

「とにかく、この文は一旦預かる」

藤十郎はせつなの文を自分の懐に収めた。

「しかし、私はいくら言われても故郷に帰るつもりはない。私にはなにも期待するなと妻に伝えて欲しい。お主にはこんなところまで悪かったな。誰かに申し付けて宿を取らせるから、そこで旅の疲れを癒やしたら故郷に帰るがいい」

「……いえ、ですが……」

「佐々木も、私の実家のことで手間を取らせて悪かった」

藤十郎はこちらの声など耳に入っていないというように音もなく立ち上がり、そのまま部屋から出て行ってしまった。

藤十郎のあまりにそっけない態度に、覚悟していたはずなのに胸が痛んだ。

せつなが結婚したのは十五のときである。
そのときはまだなにも知らない娘で、結婚できたことだけで喜んでいた。
父に疎まれ、屋敷の地下の座敷牢に閉じ込められていた自分には、そんな人並みな幸せを摑めるとは思っていなかったから。

祝言に夫がいないことには驚いたが、京で立派な仕事をしていて、帰れないのだと聞いてそれならばなかなか戻れないのも仕方がないことだと自分を納得させた。本当は寂しくて仕方がなかったが、それを表に出さないように、なんでもないことのように、理解ある妻を装った。

それが一年経ち、二年経ち……いくら待っても夫は姿を現さない。

自分は生まれ育った土地を離れて、こうして嫁いできたというのに。姿も知らない夫をずっと慕ってきたというのに。それを全てなしにされてしまう。

自分が耐えてきた二年という月日をなしにされてしまうということが、我慢できなかったのである。

(でも……これからどうしたらいいのかしら……)

せつなは宿屋の天井を見つめながら今後のことについて思いを巡らせていた。

自分を妻の使いだと思い込んだ藤十郎は、せつなに悪いと思ったのだろうか。小間使いの女には充分過ぎるほど素晴らしい宿屋だった。共同の風呂場は広く、湯船もゆったりとした大きさで、そういえば旅の汚れを充分に落とさずに藤十郎に会ってしまったなと不意に思い出して、今更手遅れではあったが念入りに身体を洗った。

そして、宿屋の食事もとても素晴らしいものだった。先のおいなりさんのことがあったので、さすがに満腹になるまでは食べなかったけれど。

(京はいいところね、美味しいものがたくさん食べられて。奥沢のような田舎町じゃなくて、こちらで暮らしたいくらい)

せつなの実家である咲宮家は、華族の家系で父と母はいとこ同士で結婚したという。華族の血を濃く守りたいということだと聞いている。

元は京にも住まいを構えていたが先々代、つまり曾祖父が歌人で、賑やかな京よりも穏やかな地で暮らしたいと京にある住まいを引き払って、伊予の国にある萩原を本邸にしたとのことだった。だから京にはせつなの親戚がいるだろうが、まるで面識がないので頼ることはできない。

萩原は田舎町で、家との距離は離れているが人との距離がとても近い。そして華族の家で起こったことに人々は興味津々なのだという。せつなが離縁されてしまった話などまたたく間に広まり、自分はもちろん兄も、兄嫁も、肩身の狭い思いをする羽目になるだろう。

本来ならば順番が逆だが、兄はせつなの嫁入り先を決めてから自分の縁談をと考えていたようで、周りからの勧めを一切断っていたが、ようやく去年結婚したのだ。

兄嫁には会ったことがないが、兄が寄越した文によると、自分にはもったいないくらいの妻、だとのことだった。兄はこれから新しい家族を作ろうとしている。そんな兄の幸せに、水を差すようなことは決してしたくない。

せつなにすぐ次の縁談話があればいいが、離縁された女と結婚してくれる物好きはいないだろう。兄は仕方がないと笑ってくれそうだが……それに甘えるわけにはいかないし、兄嫁や兄嫁の実家はそれを許さないだろう。

あんなに冷たくされてしまって気持ちが挫けたが、やはりもう少し粘ってみるべきだろうかと考える。

せつなとしては、このまま藤十郎の妻でいることが最も望むことなのだ。たとえ向こうに気持ちがないにしても、形だけでも、妻という座に居続けたい。

だが、もし藤十郎に他に思う人がいて、その人と結婚したいと考えているとしたら話は別である。人の幸せを邪魔する気はない、自分の事情があるにしても、そこはそっと身を引くのがいいだろう。その辺りも確かめたいと考えていた。

「……失礼いたします」

不意に襖の向こうから女性の声がした。

「はい」

そう応じて起き上がると襖がそろそろと開き、若い女性が部屋に入ってきて襖の前に座って、襖を閉めてからこちらを向いた。

「おくつろぎのところ失礼いたします。萩原せつさま」

髪を美しく結い上げて、鮮やかな紅を引いた、藤色の着物が似合う女性だった。若女将、かなにかであろうか。堂々たる仕草をしている。

「当宿屋のお食事はいかがだったでしょう？」

「ええ、とても美味しくいただきました。結構なお食事を、ありがとうございます」

「満足いただけたようで、それはなによりでございました」

女性はこほん、とひとつ咳払いをした。

「私は当宿屋の若女将で、叶枝、と申します」

叶枝は三つ指をついて、深々と頭を下げた。

「実はせつ様にお話がありまして。少しよろしいでしょうか？」

年は二十半ばくらいであろうか。

もう結婚して子供がいてもおかしくない年齢だったが、そう思えないのは叶枝になんともいえない色香が漂っているからだろう。黒い髪をきっちりと結い上げて、白い肌に唇の紅がなまめかしい。

「はい。なんでしょうか？」

せつなは居住まいを正し、叶枝と向き合うように座った。

「藤十郎様を故郷から連れ戻しに来たと聞きましたが、それはまことでしょうか？」

突然我が夫の名前を出されたので言葉に詰まってしまった。

どうして宿屋の若女将が藤十郎の名前を、と考えて、そうか贔屓にしている宿屋だからか、と思いついた。しかし京に住んでいるのに京に贔屓の宿屋が？　と不思議には思うが。

「図星、ですわね。藤十郎様の奥方様も考えたものね。あなたのような若くて、なにも知らなそうな娘を寄越せば、藤十郎様がお考えを変えるとでも思ったのでしょうか？」

（いえ、それよりも気になるのは……。彼女は私のこと……藤十郎様の妻のことを知っていたのかしら？　隊士の方でさえその存在を知らなかったのに？）

叶枝とどう話したらいいのか迷って、なかなか言葉が出てこなかった。その間にも彼女は話し続ける。

「申し訳ありませんが、藤十郎様を故郷に帰すわけにはいかないのです。藤十郎様には京にとても大切な使命があるのですから」

「第八警邏隊のことでしょうか？」

「ええ。藤十郎様は帝からこの京のことを直々に頼まれたのです。それは、なにを置いてもまっとうしなければならない使命なのです」

「……ええ、それは存じ上げていますが、藤十郎様は藤崎家の跡取り息子です。いつまでも京にいるわけには参りません。藤崎家の現当主様、つまり藤十郎様のお父様も、将来当主になるにあたって経験を積むために京に藤十郎様が出て行くのを許したのであって……」

「藤十郎様には弟君がいらっしゃると聞きました。彼が跡取りになればよろしいのでは？」

「そんな簡単なことではないのです」

「とにかく、第八警邏隊を率いることができるのは、この日の本にただひとり、藤十郎様を置いて他にいないのです。国家の大事に関わることなのですよ？」

「しかし盆と正月くらい家に戻っては……」

「藤十郎様のお勤めに、盆も正月もないのです」

ぴしゃりと言われてしまい、せつなは戸惑ってしまう。まさか宿屋の若女将にここまで言われてしまうなんて。

叶枝はそんなことも知らないのか、というようにふぅっと息をついて、こちらを侮るような視線を向けてきた。

「せつ様は、藤十郎様の奥方様とは長いの？」

「長い……とは？　どういうことでしょうか？」

「奥方様の実家から付いて来られたの？」

「………。ああ、そういうことですか……そのようなものです」

「失礼ですが、お付きを見ればその主人が分かるというものですわ。藤十郎様のご実家で決めた婚姻とのことですから、よい血筋のお嬢様なのでしょうけれど、小間使いの躾もできないようでは、ねぇ」

（なんだか、とても失礼なことを言われている気がします……）

そうは思うのだが、確かにその通りなのである。

せつなは華族の血を引く娘ではあるのだが、その実、その身分に相応しい教育などは受けていない。父にも母にも躾けられたことがない。長い間、その存在をひた隠しにされていたような娘なのである。

兄に座敷牢から助け出されてから一年ほど、女性らしい立ち居振る舞いを教えてもらったが、それも付け焼き刃的なものである。

「藤十郎様は、こちらではかなり必要とされている方のようですね」

「ええ。せつ様は明後日までこちらにいらっしゃる予定ですわよね？　その間に聞いて回れば分かると思います。藤十郎様と、特殊な任務を帯びた第八警邏隊なしではこの京の町は立ち行かないと、みんな思っておりますわよ」

ならば無理に連れ帰ることなどできない、と思ってしまう。だが、せつなもせっかく京までやって来たのだ。なんとか付け入る隙がないかとも考えてしまう。

「お話は以上です。おくつろぎのところ、失礼いたしました」

叶枝は優雅な仕草で三つ指を立てて頭を垂れると音もなく立ち上がり、そのまま部屋を出て行った。

せつなは長い間、咲宮家の屋敷の奥深くに閉じ込められていた。

それは、座敷牢と呼ぶべき場所であった。

屋敷の敷地内にある物置にその入り口があった。その入り口から地下深くへと続く通路があり、その先にせつなが十三年間閉じ込められていた座敷牢があった。

兄は母が死に、父が死んで当主の座を引き継ぐときに座敷牢の存在を知らされたのだという。そうしてそこには自分が知らない妹がいて、大層驚いたと後に語っていた。

せつなは生まれて間もなく、父の手によってその牢に閉じ込められた。兄にも、他の親戚にも、咲宮家の使用人にも、生まれた子供は死んだと言っていたようだ。事情を知っていたのは両親と、世話係のばあやのみ。せつなの父が急死し、せつなの処遇に困ったばあやが兄に事情を話したとの事だった。

急に現れた妹である。

しかも長く座敷牢に閉じ込められていたのである。せつなを哀れと思ったばあやが、せめて華族の娘のようにと読み書きを教えてくれたから、外の世界のことを少しは知っていたが、実際に見聞きするものは初めてのことばかりである。

座敷牢の扉を閉めたままで、そんな妹のことは知らないふりで過ごすこともできた。

だが兄はせつなを不憫に思い、座敷牢の外へと連れ出した。今まで必要最低限しか食べさせてもらえず、すっかり痩せ細ったせつなにたらふく食べさせてくれた。だらしなく伸びた髪を切り、身体についた垢を全て洗い流して娘らしい薄桃色の着物を着せてくれた。外に出ても恥ずかしくない立ち居振る舞いや話し方を教え、使用人たちにも親族にも、自分の妹だと紹介してくれた。座敷牢にいたとの薄暗い事情は隠し、事情があって遠方に預けられていたと説明したのだ。

父は、せつなが自分の子供ではないと怒り、座敷牢に閉じ込めたのだという。

だが、自分は母の子供だから、せつなとは間違いなく兄妹であり、妹の世話をするのは兄として当然だと言ってくれた。

藤崎家に嫁ぐことが決まったとき、せつなの生まれや育ちについては隠して嫁いだ。向こうはとにかく血筋のいい家から嫁を迎えることを望んでいた。せつなの母も華族の血を引いていたから、華族の娘、ということに間違いはない。

だから、これは出自を隠して嫁いだ当然の報いなのだろうか。

夫のいない祝言、二年も顔を出さない夫。……そして妻が待つ実家には戻る気がないと語り、妻の文にも返事を寄越さない。目を通しているかも怪しいものだ。

（やはり、私のような娘が人並みに嫁いだのがいけなかったのかしら）

せつなはほのかに灯る行灯を見つめながら、ぶんぶんと首を横に振る。

どんな生まれの娘にも幸せになる資格はある。

今まで不幸だった分、きっと幸せが待っている。

兄はそう言ってせつなを送ってくれた。だから信じた。きっとせつなが願ってやまなかった、人並みの幸せが待っているはずだと。今はまだそう信じていたかった。

『藤崎隊長のことかい？　あの人はなんだろうな……そう、神々しさすら感じる方だね。市井にいるのが不思議なくらいだ。頼りになるかだって？　もちろん頼りになるに決まっているじゃないか！』
『……実はね、藤崎隊長には私も助けられたことがあるんだよ、あやかしに襲われそうになったときにね。驚いて竦みあがっていたところを、抱き上げて逃がしてくれたんだよ。私がもっと若かったら……なんて、ね。嫌だよぉ！』
『俺もかかあを助けられたことがあるな。火事のときにな。……え？　あやかし関連じゃないのかだって？　あの方はな、自分が火消しじゃなくても、困った人がいるとどんなときでも助けてくれるよ』

『藤崎隊長……。もしかしてあなたも藤崎隊長のことが好きなの！　そんなの許せないわ！　あなたよりもずーっと前から、藤崎隊長のことを追いかけているんだから！』

「……………。素晴らしい夫……のようです」

せつなはひとりごちながら、卓に突っ伏した。

甘味処の軒先にある卓だった。叶枝に言われたから……ではないが、ここに座って、隣の卓の人に、あるいは通りかかっていく人に声を掛け、藤十郎のことを聞いていた。

最初は不審がられたが、藤十郎の話だと分かると『お、もしかして隊長に惚れちまったのかい？』とのように軽く言い、面白がってあれこれ教えてくれたのだった。

その評判はすこぶるよく、悪い話はひとつも出てこなかった。

そんなこと言って、本当は悪いところもあるのではないですか、と聞いても、とんでもない、という返答しかなかった。

（私が夫を連れ帰りに来た、なんて分かったら、叶枝さんにだけではなくいろんな人に恨まれそう……）

夫がこんなに人々に求められている仕事をしているというのに、無理やりに連れ帰るなんてやはりできないと考えてしまう。

（そうなると、もう離縁するしかないのかしら……）

気弱にそう考えながら卓に突っ伏して、うんうんと唸っていると。

「先ほどから話が聞こえていたけれど……」

不意に隣の卓から声を掛けられた。

いつの間にかそこにはせつなと同じか、少し上くらいの女性が座っていた。桜の形をした髪飾りが可愛らしい。肌が白く、華奢な女性だった。

「第八警邏隊の藤崎隊長のこと……？　そんなに気になるの？」

そう言いながらせつなの向かいの席に移動してきて、卓に頬杖をつきながら聞いてきた。

「好きなの？」

からかうように言われて、慌てて首を横に振った。

「いっ、いいえ、決してそのようなことでは……。ただ私は奥方様のために」

そして自分は実は藤十郎の奥方のお付きで、という説明をした。こんな通りすがりに会った女性であっても、自分の本当の身分を明かすのはよくないと思ったからだ。

「なるほど。それで藤十郎様の身辺調査ってわけね」

身辺調査、とはあまり気持ちがいい響きではない。きっと彼女も藤十郎のことを気にしていて、せつなを不審に思って声を掛けてきたのだろう。

「でも、もう帰ろうと思います。藤十郎様は、結婚は親が勝手に決めたこと、結婚するつもりなんてないとおっしゃっていましたから」

「わざわざ遠いところから来たのではないの？」

「ええ……ですが、もう全く取り付く島もない様子ですし」

「でもね、そろそろ藤十郎様もきちんと身を固めた方がいいと思うのよね。……まあ、私の勝手な意見だけれど。私たちを護るために戦ってくださるのは嬉しいのだけれど、そのためにご自身の幸せを疎かにしているような気がして」

「藤十郎様自身がそう思ってくださるのならばいいのですが」

せつなは苦笑いを漏らしながら、皿に残っていたおいなりさんを口に運んだ。

それにしても、叶枝は藤十郎が結婚なんてとんでもないという言いようだったが、目の前の彼女のように藤十郎の幸せを願っている人もいるんだなと、なんだか心が温かくなった。藤十郎は本当に京の人に頼りにされ、そして愛されているのだ。

「私は、もう少し粘って説得してみたら、と思うけれど？　あなたも、断られたからとすぐに帰ってはその奥方様に申し訳が立たないのでは？」

女性はそう言い残して、せつなの卓から離れていった。

確かにそのようなこともあるかもしれないと納得し、せつなもあれこれと考えてみた。

周囲の評判も高く、せつな自身もとても優しい人だと思った藤十郎が、あそこまできっぱりと故郷の妻のことを否定したのだから、これはもうどうしようもないと思ったが、裏を返せば、どうしてあんな優しい藤十郎が、故郷の妻のことになるとあんなに頑なのか気になった。

なにか理由があるのならば、その理由を知りたい。それは京の町を護るため、帝から直接命じられたため、実家のことなど気にしていられないという理由ではなく他の理由で、それがせつながこの結婚を諦められることであったならば納得して、自分が妻であるとは告げずに大人しく帰ろう。

（あ……そういえば、私が置いていただいた部屋は元々屯所の下働きの部屋だと言っていたわ。今は下働きはいないと言っていたけれど……）

奥沢に帰ることはいつでもできる。

ならばもっと藤十郎のことを知り、その上で離縁を受け入れようと考えた。

思いついたならばすぐに行動したほうがいいだろう。せつなは店で会計を済ませると、そのままの足で第八警邏隊の屯所へと向かった。

（まさかわざわざ奥沢から使いを寄越すとは。それもあんな娘を……。向こうも必死、だということだろうか）
藤十郎は自室の前にある縁台に腰掛けて、中庭を眺めながら物思いにふけっていた。
中庭には二羽雀が来ていて、地面をくちばしでつついていた。今日は日差しが暖かく、風が心地よい。なにもなければうたた寝をしたいような気候である。

　実家に置いたまま、一度も会ったことがない妻のことは、まるで爪の中に入り込んで取れない棘のように気になっていた。

　妻、だという女性からの文を初めは目を通していたが、やがて堪らなくなって読まなくなってしまった。自分は酷いことをしてしまっているのに、無邪気にお帰りをお待ちしていますと書いて寄越す妻の心情を思うと辛かったのだ。

　藤十郎には結婚する気も、誰かと特別な気持ちを通わすつもりもなかった。……とある経験から、そんなものは隊務の邪魔になるだけだと考えていた。

　きっと妻に会ってしまえば、なんとかしてやりたいと思うだろう。

　しかし、自分にはそんな資格はない。結婚しても、相手を悲しませてしまうだけだ。

　実家の両親や祖母を心配させてはと思って隠していたが、第八警邏隊を率いているということは、いつどうなるとも知れない身である。そんな状態で妻を娶るなどと、まるで考えられない。

(まだ見ぬ妻には悪いが、私のことは諦めてもらった方がいい。華族という家柄だ、離縁したとしても貰い手は居るだろう。それも、夫には一度も会ったことがない、酷い夫と結婚させられてしまったとの事情ならば、次も見つかりやすいだろう。私ではない、よい相手と幸せになってほしい)

藤十郎はそのようなことも考えて、妻を迎えると聞いても祝言にも出ず、それ以来実家へは戻っていない。

妻の使いだというあのせつという女性には、藤十郎は血も涙もない、微塵(みじん)も情けがない冷たい男と思われた方がいい。

あの快活な女性だったら、冷たい夫に離縁された妻を護って、あんな人のことはさっさと忘れて幸せになりましょうと、新しい嫁ぎ先でも妻を支えてくれるだろう。

（だが、まさか京で迷子になっているところに出くわすとは。少々失敗したが……）

しかし、これ以上の情けをかけるわけにはいかない。せつにはこの上なく冷たい男と思われなくては。そして、そんな冷たい夫には取り付く島もないと妻に訴えてもらうためにも一刻も早く奥沢に帰ってもらわないといけない。

藤十郎は澄んだ空にかかった鮮やかな薄雲を見つめながらそう決意した。

……が、生来の優しい性格から、人に冷たくしたことなどない藤十郎は、当然せつなにも冷たい態度を取りきれないのであった。

第二章　上手くいかない京での暮らし

「……寝言を言うのは夜だけにしろ。どうしてお前をここに置かなければならない？」

佐々木(ささき)は仁王立ちで腕を組み、板張りの床に座っているせつなを見下ろしていた。そんなに睨(にら)まなくても、とやるせなさを感じてしまう。

本当は屯所を訪ねて、藤十郎(とうじゅうろう)に取り次いでもらい話をしようと思っていたのだが、隊長のお手を煩わせることではないと佐々木が出てきた。せつなとしては一番苦手意識を持っている相手で、その人にこんな頼みごとをしても受け入れられるわけがないと知っていたが、これ以外思いつく手がないのだ。せつなは必死に頼み込んでいた。

「昨日こちらに置いていただいたときに、下働きが不在であると聞きました。これほど大きなお屋敷で、隊士様たちが七人も暮らしてらっしゃるというのに、下働きのひとりもいないとはご不便なのでは？」

第八警邏隊(けいらたい)の屯所は元は公家屋敷だったが、帝が京から離れたことで住まいを移し無人になったところを借りているとのことだった。それゆえかなりの広さで、手入れも大変だと思われた。

「ええ、そうです。私は藤十郎様……第八警邏隊の方にあやかしから助けられた身です。せめてもの恩返しをしたいと」

「だから働かせろと？」

「駄目だ。そんな恩返し、むしろ迷惑だ」

佐々木は無情にもそれを却下した。けんもほろろである。

「そうですか……ですが」

せつなはわざとらしく大きく息を吐き出した。

「私の身にもなってください。藤十郎様の奥方様に、どうか奥沢にお戻りくださいとの文をお預かりしてこちらにやって来たのです。『断られました、藤十郎様は奥沢には戻らないとのことです』とすぐに帰って告げれば、奥方様に怒られてしまうかもしれません。何日も粘って、頼み込んだが無理でした、ということにしたいのです」

そしてせつなはうぅっと声を詰まらせてみた。

「どうか」

せつなは三つ指をついて、佐々木に頭を下げた。

「どうか私の身を哀れと思われるのならば、こちらにしばらく置いてください。どんな仕事でもします」

「駄目だと言っている」

佐々木は全く聞く耳を持ってくれない。

やはりこの人に頼んでも無駄であった。もう諦めるしかないのかと思ったとき。

「でもその娘、少し可哀想ではないですか？」

近くを通りかかった隊士が声を掛けてきた。初めて見る顔の中肉中背の男だった。

「なんだ、細川。今はこの娘と話している。口を挟んでくるな」

「それはそうなのですが、佐々木さんのその迫力でそんなことを言われたら気の毒ですよ。きっと並々ならぬ決意があってこちらにお願いに来ただろうに」

細川と呼ばれた男は、佐々木の横に座ってあっけらかんとした態度で言う。

「お前は新しい下働きが欲しいだけではないか」

「それはそうですよ。そろそろひと月程になりますよね、前の下働きが辞めてから。佐々木様はいいです、副隊長というお立場ですから。掃除も炊事も洗濯もする必要はないでしょう。下働きをなくして困っているのは俺のような、隊の下の人間です。下働きの代わりの仕事が増えて困っています」

「別に、お前にそんな雑事をやれとは言っていない」

「言われてはいません、ですが、誰かがやらなければならないことです。食べるものはご近所からお裾分けをいただけるので、飯だけ炊けばなんとかなります。しかしその他の掃除や洗濯は、俺たちが本来の仕事の合間にやっています。佐々木さんはよく下働きの者に言っていたでしょう？　家の汚れは心の汚れである、と。住まいが雑然としている状態では、あやかし共に打ち勝つ強い精神は保てない。俺もそう思います。それに、埃(ほこり)だらけの住まいに俺たちはともかく、隊長を住まわせるわけにはいかないでしょう？」

「まあ、それはそうだが……」

「前に働いていた者は、屯所にたびたび現れるあやかしに我慢ができなくなって辞めたと聞いております。その噂(うわさ)があり、なかなか働き手が見つからないとも聞きました」

「え？　そうだったのですか？」

せつなが声を上げると、細川はこちらに顔を向けて僅(わず)かに頷(うなず)いた。

「それから……そこの軒先にいるのはお前の犬か？」

「はい、そうです」

「この娘が連れている犬、あれがあやかしだとは佐々木様も気付いているでしょう？」

「……ああ、まあな。あやかしの犬を連れているなんて、奇妙な者だとは思っていた」

そう、シロは実はあやかしであるのだ。

シロの姿が視える者は藤崎(ふじさき)家にはおらず、いつも寂しそうにしていたのを見かけたせつなが話しかけたら懐いてくれたのだ。

せつながたまに近隣を散歩するときなどについて来てくれた。見ず知らずの地でまるで守られているようで心強く感じていた。

「あのっ、シロは……大人しい犬で、人に危害を加えるようなことは決してありません。藤崎家からこちらへ来るときに、心配して付いて来てくれたのです。その……まさか無理やりに祓うようなことは……しませんよね？」

せつなが恐る恐ると聞くと、佐々木は大きく息をついた。

「人に危害を与えないあやかしを祓って歩くほど暇ではない」

「そうですか……！　よかった」

もしこちらで厄介になることになったら、シロはどうしようと心配だった。

「この女は、どうやらあやかしは見慣れているようです。どんな者が現れてもびくともしないでしょう」

それは確かにその通りである……とは言いきれないが、普通の人よりはずっとあやかしは見慣れている。

それにしても、この屯所にあやかしが頻繁に現れるとは知らなかった。

あやかしとは、俗に言う妖怪や幽鬼など、この世ならざるものの総称で、人に危害を加えるものもいるが、そうでないものもいる。

特に元は人間だった幽鬼などは、ただそこに留まっていたり、彷徨っていたりするものも多い。

（あやかしが出る屯所……。あやかし祓いをしている人たちの隊だから、霊感が鋭い人ばかりでしょうし、そういう人たちを頼りにやって来るものが多いってことかしら？　うぅん……私もあやかしの類はなんでも大丈夫、というわけではないのだけれど）

しかし、もし襲われるようなことがあっても、きっと隊の誰かが助けてくれるだろう。

そう考えると、あやかしから身を守るという点では、この屯所は他にない安全な場所と言えるだろう。

「まあ、確かにあやかしと普通に接することができる娘は珍しい。こちらで働いてもらうには相応しい……かもしれないが」

「まことですか？　ええ、私、あやかしの類には慣れています。ときどき、目の前にいる人があやかしなのか生きている人間なのか分からないことがあるくらいですから」

「…………」

佐々木は隊士の声には耳を傾けるが、せつなの声は黙殺するらしい。

嫌われたな、と思ってしまうが、佐々木はこういう大袈裟な言いようが気に食わないような気配である。

「それに、この女の言う通り、しばらくこちらに置いてから隊長の故郷に帰ってもらい、隊長の意志は固く、戻るつもりはないと奥方に伝えてもらった方が説得力があるのではないでしょうか？　隊長の実家で働いている者です。そう怪しげな者ではないでしょうし」

「……お前はなにも分かっていないな」

佐々木は深々とため息を吐き出す。

「その女は気の毒だとは思う。だからこそ、余計にここに置くわけにはいかないんだ」

「それはどういう意味でしょうか？」

細川が問うが、佐々木は答えるつもりはないようだ。自分で考えろ、とでも言うように無言を貫く。

これ以上食い下がっても佐々木は首を縦に振ることはないのではないかと思えた。彼はこうと決めたことは誰になんと言われても貫く者のように見える。

ならば諦めて、他の手段に出た方がいいのでは、とせつなは思いかけたのだが。

「では、次の下働きはいつになったら雇っていただけるんですか？　事情を知る近隣の人々が時折手伝いに来てくれますが、いつまでもそれに甘えるわけにはいかないでしょう？　そろそろ、隊務にも影響が出そうで困ります」

細川は佐々木の迫力にめげずに強い口調で言う。

「それは……今探しているところだ」

「そんなあやふやな言い方は佐々木さんらしくありません。すぐに探してくださると言うならば、それまでこの女に働いてもらってもいいのではないですか？　そう長い期間ではないでしょう」

思わぬ援軍を得て、せつなは思いっきりそれに乗っかることにした。

「そうです、ほんの少しの期間でもいいのです。三日でも、十日でも。臨時雇いだとお思いになり、どんなことでもお申し付けください」

そうして床に額を擦り付けて、一心に頼んだ。すると頭の上からとてつもなく不機嫌な声が振ってきた。

「…………。もし万一、隊長が許可するならば俺に反対する理由はない」

「まことですか？」

せつなが頭を上げて聞くと、佐々木はふん、と鼻を鳴らした。

「話はここまでだ。……俺は外回りに行って来る」

そう言って少々荒い足音を響かせながら部屋を出て行ってしまった。

「……そうか、佐々木がそう言ったか」

すぐさま細川に頼んで藤十郎の部屋まで連れて行ってもらい、佐々木に言われたことを彼に告げた。

藤十郎は書見台に置いた書を読んでいる最中だったようだ。姿勢よく座り、なんの驚きも見せないような冷静な態度である。

「もし万一そんな話になっても、佐々木ならなんとか拒んでくれると思ったが……」

（え……？）

思わず心の中で叫んでしまった。

佐々木だけでなく、藤十郎までせつなをここに置くことを快く思っていないとは……いや、考えてみれば当然なのだ。せつなは藤十郎を故郷へと連れ戻しに来たのだから。

しかしここまで拒絶されると、苦しい気持ちになってくる。

「どうしてそこまでしてこの女を拒むんですか？　そもそもは隊長のご実家の小間使いではないですか？」

「それはそうなのだが」

「ならば、こちらで働いてもらうことに不思議はないと思われます。本人もそう望んでいますし。せっかく京まで来たのにすごすごと帰れないという気持ちも分からなくもありません」

細川は屯所に下働きがいないことを快く思っていないようで、熱心に頼み込んでくれている。下働きがいないことで細川たちが本来しなくてもいい雑用をしているようであるのだから、それはそうであろう。

「分かった。働きたいと望んでいるのならば働いてもらうことに異議はない」

「で、では……」

「だが、すぐに音を上げて出て行くと思うがな」

冷たい言いように、せっかくここで働くことを許可してもらえたのに、せつなはこの場から逃げ出したいような気持ちになった。

だが、せっかく細川がこうして口添えしてくれているのだ。その親切を無下にするわけにはいかない。

（それに、優しいと評判の藤十郎様がここまで私……故郷の妻にそっけない、その理由が知りたいわ）

どんなに嫌がられてもそれを知るにはここに留まるのが一番のような気がした。

「ありがとうございます」

せつなは床に手をついて、深々と頭を下げた。

「途中で投げ出すことがないよう、精一杯務めさせていただきます」

心を込めて放った言葉に返事はない。しばらくして頭を上げると、藤十郎は書物に目を落としたままで、こちらを見ようともしていなかった。

「よかったな。働けることになって」

「はい、ありがとうございます」

細川に笑顔を向けるが、やはり気になるのは藤十郎のことだ。自分の妻に関わることは一切拒絶したいようだが、一体なぜ、とやはり考えてしまうのだった。

なにはともあれ、こうしてせつなは下働きという身分ではあるが、しばらく藤十郎の側に居られることになった。

私には人並みに働くなんて無理なのだろうか。

せつなは台所にしゃがみ込んで、ため息交じりにそんなことを考えていた。

屋敷に閉じ込められ、しかし死なない程度には食事を与えられ、一日一日を墨で塗りつぶすように日々を過ごす……自分にはそんな暮らししかできないのだろうか。

せっかく第八警邏隊の屯所に置いてもらえることになったのに、慣れない仕事に戸惑い、ついついそんなことを考えてしまった。

自分で働く、と言っておいて、実際にやってみるととても骨が折れることだった。

雑巾で床を拭けば、雑巾が水を含みすぎていて床を水浸しにしてしまい、もっと雑巾は固く絞れと怒られた。窓を拭けば、隅々の汚れが残っていると指摘されて、もっとしっかりしろと言われてしまった。

初めての洗濯はこれまた絞りが足りなかったようで、よく晴れた日の夕方になっても洗濯物が乾かなかった。

料理をしたときには……その日はおかずをご近所の方にお裾分けしていただいたので飯を炊くだけでいいと言われたのだが、せめてたくあんくらい切って出そうと包丁を握った。

それが全てちゃんと切れておらず、箸（はし）で持ち上げた途端に蛇腹のように広がって……たくあんも切れないのか、と怒られた。

（……嫁ぎ先に戻って……もしすぐに離縁されるにしても、今までお世話になった分をお返しするためにも、少しでも働けるようにならなければ。ただ飯喰（ぐ）らい、とは言われたくないわ）

それにここには藤十郎も住んでいる。

藤十郎と、その配下の隊士たちの面倒を見ることは妻としての務めだろう。そう考えることにしてせつなは立ち上がり、竈（かまど）の横に置いてあった買い物籠（かご）を持って外に出た。

今日は市が立っているというので、食材を買いに出掛けようと朝から思っていたのだ。

いつまでもご近所さんにおかずの差し入れを受けるわけにはいかない。前に居た下働きは掃除炊事洗濯、それから誰かに文を届けるといった簡単なお使いなどが仕事だったそうだ。ならば同じようにしなければならない。

そうして市に出掛け、戻ってきたときには夕方になっていた。

「…………。洗濯物を干しっぱなしで、一体どこをほっつき歩いていたのだ？」

市から帰り、買ったものを炊事場の調理台に並べているときに隊士のひとり、笹塚（ささづか）がやって来て、まるで口うるさい小姑（こじゅうと）のように言い放った。

「いえですが、まだ取り込むには早い時間では……」

「先ほど小雨が降ってきた」

手にしていたジャガイモを置いて、駆け出そうとしたところで、

「もうとっくに取り込んでおいた」

笹塚が憮然とした表情であっさりと言う。

「それはありがとうございます。助かりました」

「洗濯物はすっかり乾いていた。別に夕方に取り込まなければならないという法はないのだ。乾いているのなら出掛ける前に取り込めばいい。お前、本当に使えないな」

心底小馬鹿にするように言って、腕を組み、せつなを見下ろした。

「お前、隊長の実家では今までどうしていたんだ？」

「そうですね……そのぅ、奥方様のお付きというお仕事だったので、炊事や洗濯といった仕事には慣れていなくて」

「いや、普通は母親に仕込まれるだろう？　お前は一生上げ膳据え膳で済むようないい家の娘には見えないし。慣れていないではなく、そもそも素質がないか、今までサボってきたのだろう。どちらにしても女としては終わっているな。嫁の貰い手なんてないだろう」

笹塚はふん、と鼻を鳴らし、心底軽蔑するような眼差しをせつなに向けた。

（そこまで言わなくてもいいのに。でもこの有様では言われても仕方がないわ……）

せつなの母の記憶は曖昧で、ただせつなのところに来てよく泣いていたこと、『なにがあっても人を恨んではいけない。それがあなたが、人の間で生きていく術なのです』と言っていたくらいしか記憶にないが、笹塚はそんなことを知らないのだ。

せつなはすみません、と明るく言って、市で買ってきたものを片付けていった。

今日はこれで煮物を作るのだ。

ジャガイモとニンジンといんげんを切って、煮て、味付けをするだけだ。いくら料理に慣れていなくてもできるだろう。

せつなはたすきで着物のたもとを上げて、よし、と気合いを入れて料理にとりかかった。

まずはジャガイモとニンジンを洗おう、と、籠に入れていった。

「お前、藤十郎様の奥方様のことをよく知っているのか？」

知っているもなにも、自分以上に自分のことを知っている人などいないだろう。せつなは小さく頷いた。

「どんな人なんだ？……いや、聞かなくてもだいたい分かるが」

笹塚はふぅ、とため息を吐き出した。

「きっと美しく清楚で品がよくて、藤十郎様のように近寄るのも恐れ多い、というような方なのだろうな」

「え……ええっと、それはどうでしょうか」

「藤十郎様の奥方に選ばれた方なのだ、それなりの女性でなくては困る」

（私が藤十郎様の妻だと知られたら……どんなふうに思われるかしら？　藤十郎様の恥になるかもしれないわね）

　自分の不甲斐なさにため息を吐き出し、黙々と作業を続ける。

「それに、お前のような粗忽者をお付きにしているなど、きっと心根が優しい方なのだろうな。別の者をお付きに、と望むのが普通だ。自分がお前に暇をやったら、他に行く場所がないと知っているから、情けでお前を側に置いているのだろう」

「あの……そこまでおっしゃらなくとも」

「それだけ藤十郎さまの奥方様が素晴らしい人なんだろうな、と言っているだけだ」

「そうですか……」

　せつなはしょんぼりと俯きながら、籠に野菜を入れていった。そして笹塚から逃げるように外に出たのに、彼は井戸のところまでついて来た。仕事ぶりを監視されているようで気になってしまう。

「あーあ……お前みたいな奴、いくら隊長に言われたからとはいえあのまま夜の町に放置しておけばよかった」

　井戸の水を汲み、野菜を洗っているせつなの横にしゃがみ込み、両手を頬に当てながらそんなことを言い出す。

あのときは助けられたと思ったが、そんなことを言われるくらいならば本当に放っておいてくれた方がよかったな、と思ってしまう。

せつなはジャガイモとニンジンについた泥を洗っていった。

最近、慣れない水仕事をしているせいか肌が荒れてしまい、水につけるだけでも痛い。だというのに、ジャガイモのでこぼこに入り込んだ泥を落とすために指の腹で何度もこすらなければいけなくて、それはなかなか大変な作業だった。

「……なんだよ。言い返さないのかよ？　このまま言われっぱなしかよ」

「そんな……お返しする言葉がないほど、私の働きが悪いことは分かりきったことですし……」

せつなは洗った野菜を再び籠に入れて台所に戻り、野菜を作業台に置いてから、包丁を持ってその前に立った。

ここからが本当の勝負なのだ。せつなは決意するようにひとつ頷いてからジャガイモを手に取り、包丁をその皮に当てた。

少しでも手元が狂ったら、包丁の先が指をかすめて流血沙汰である。緊張して手が震えてしまうが、ゆっくりと包丁を動かしつつ、皮を少しずつ剝いていく。

「……ふぅ」

十個あるうちのひとつのジャガイモの皮を剝き終わり、額の汗を拭(ぬぐ)っていると。

「なんだよ、それ？」

笹塚が呆(あき)れたように声を上げた。

「なにと言われましても。ジャガイモの皮を剝いているのですが？」

「ああっ、危なっかしいな。見ていられない」

そう言って笹塚はせつなの手から包丁を奪った。

「それに、ジャガイモの皮ひとつ剝くのにどれだけ時間がかかっているんだ。日が暮れる」

文句を言いつつ、慣れた手つきでジャガイモを剝いていった。

ひとつが終わり、またひとつとどんどん剝いていく。見ていて気持ちがいいくらいだ。

「すごいです、見ていて惚(ほ)れ惚れしてしまいました」

「…………。大袈裟(おおげさ)だな、お前は。このくらい普通できる」

「左様ですか。では、私も早くそのくらいできるように励まなくてはなりませんね」

せつなは違う包丁を出して、ニンジンの皮を剝いていった。

ジャガイモよりもニンジンの方が簡単、と思ったらそうでもなかった。気を抜いたら指を切ってしまいそうだったので、無言で、意識を集中しながら剝いてく。一本剝き終わり、ふと横を見ると、笹塚はジャガイモを全て剝き終わっていた。

「手早い上に上手……ですね」

せつなが剝いたニンジンは、厚く皮を剝いてしまい、一回りは小さくなってしまっていた。

「これくらい普通だ、できない方がおかしいだろう」

「そのようなものでしょうか」

「………。そっちも貸せ。お前に任せていたら、今日の夕飯は何時になるか分からない」

笹塚はせつなの手からニンジンをひったくるように取った。

「これでは、俺たちの仕事がまるで減らないではないか。お前がいる意味なんてあるのか？」

そうぶつぶつと文句を言いつつも手伝ってくれる笹塚は、最初の印象とは違って優しい人なのかもしれない。

（早くお役に立てるようにならないといけないわ。私は隊士さんたちをお助けするために下働きとして働くことを認められたのだから。きっと慣れれば笹塚さんのように皮むきができるようになるわ……！）

決意を新たにしたせつなだったが、そんな思いはあっという間に霧散していくのだった。

「………。ええっと、変わった味付けだけど、せつの故郷ではこれが普通なのかな？」

「これが毎日出てくるのが普通だとしたら、俺はその家に生まれてきたことを嘆く」

「というか、普通にマズいな」

「味付けの問題だろうな。これはなにで出汁を取ったのだ？」

隊士たちの間からさまざまな感想が漏れる中で、一番辛辣な感想を述べたのはもちろん佐々木だった。

「お前、こんな有様でよくも働かせてください、なんて言えたものだ。炊事も洗濯も人並みよりだいぶ劣ると思っていたが、料理はこの日の本の国で一位二位を争うひどさだ」

そこまで言わなくてもいいのに、と泣きたくなってしまう。

第八警邏隊の面々は、市中を見回ったり、要人の警備をしたりなどを交代でしているため、食事の時間はそれぞれだったので、夕食はそのとき手が空いている者が揃ってとるようにしている。今日は台所近くの大部屋に集まって夕食をとっていた。

せつなはその部屋の前の廊下に座って皆が食事をしている姿を見ていた。おかわりを申しつけられたときに対応するためだ。

煮物なんて誰が作っても同じ、と思っていたがどうやら違うようだった。せつなも、作っている途中に味見をしたのだが、なにか違う、とどんどん調味料を足していくうちにどうしたらいいのか分からなくなった。それでも、これで大丈夫、と思ったものを出したのだが、この有様である。

そんな中でせつなが作った煮物を食べ、まだひと言も発さずにいたのは藤十郎だった。

彼はどういう感想を漏らすのだろう、と思って待っていると。

「いやしかし、この野菜の切り方はいいと思う……」

なんと優しい。皆が口を揃えて酷いと言っている料理について、せめて褒められるところを探してくれたのだ。しかし、それは……。

「それ、切ったの俺ですからね」

笹塚がトドメを刺すように言う。

これには藤十郎も言葉を失ってしまった。気まずげな顔をして、煮物を食べ続けている。

「すみません……精進します」

せつなはいたたまれなくなって、視線を下げつつそう言うが。

「精進するとかいうものではない。お前はもう料理はしなくていい」

佐々木が箸を置き、腕を組みつつ無情にも言い放つ。

「えぇ、そんな？」

「いや、佐々木。本人ががんばりたいと言っているのだから、そんなふうには……」

「隊長は甘いな。こんなふうに料理されたら、食材がもったいないとは思いませんか？」

「まあ……それはそうかもしれないが」

藤十郎はせつなのことを不憫そうに見ながら、しかし佐々木の言うことに逆らうほどの熱量はなかったようで、そのまま自分の意見を引っ込めてしまった。

佐々木は満足そうに頷き、そしてせつなに告げる。

「お前にはなにも期待していない。どうせ代わりが見つかるまでの一時雇いだ。余計なことはしなくていい」

「料理は余計なこととは思えませんが……」

「口答えをするな。こんな不味い料理を出して、腹でも下したらどうするんだ？」

腐ったものを出したわけではないので、腹を壊すことはないとは思うが、ここは黙っておくのがよいだろうと口を閉ざした。

「お前の能力は人並み以下なのだから、人並みになにかしようと思うな。いいな」

念を押すようにそう言われてしまい、せつなはもう項垂れるしかなかった。

「いくらなんでも辛辣すぎるわ、あの佐々木って人は……。あんな意地悪じゃ、誰もお嫁に来てくれないわよ」

自身の食事も終えた頃には夜が更けてしまっていた。

せつなは井戸の前にしゃがみ込んで食器を洗っていた。日が暮れるとぐっと冷え込み、井戸の水は手をつけたらすぐに引っ込めてしまいたいほど冷たかったが、これも私に任せられた仕事なのだからと懸命に洗っていた。

確かに自分で食べてもあの煮物はどうかと思う。不味い、とまではっきり思わなかったが、何味なのかよく分からなかった。酢を入れたのが失敗だったのかもしれない。しかし、疲れには酢がいいというから入れてみたのだ。

そんなに不味いと言われるならば、誰かに料理を習ってなんとか美味しいと言われるような料理を、と思ったのにもう作るな、なんて。挽回する機会すら与えられなかった。

「なんであんな意地悪な人が副隊長なんてやっているのかしら？　年齢順なのかしら？　それ以外考えられないわ」

せつなは皿に残ったしつこい汚れを勢いよく洗っていた。

「すまないな、佐々木はあんな言い方しかできなくて」

「え？」

不意の声に見ると、そこにはなんと藤十郎の姿があった。

至近距離に顔があって、ぎょっとしてしゃがみ込んでいた体勢から倒れそうになってしまう。

「すまない。驚かせて」

穏やかに微笑まれ、首を横に振る以外できない。

こんな至近距離だったのにまるで気付かなかった。佐々木への恨みが深すぎて、興奮していたからだろう。

「佐々木は口は悪いが、心根は優しい者なのだ」

「そうでしょうか、心根まで意地悪なように思いますが……と、失礼しました」

思わず本音を漏らしてしまい慌てて口を押さえると、藤十郎はぷっと噴き出した。

「まあまあ、そう言わないでくれ」

「あ……いえ、失礼しました。お世話になっている先の方をそのように言うのは好ましくありませんでしたね」

「いや、そこまで固くならなくてもいい。そうだな、気持ちは分かる。佐々木の優しさは分かりづらいから」

そうは言うが、佐々木の優しさは人によるのではないかと思う。藤十郎や隊士に対しては優しいところも見せるだろうが、せつなのような、彼にとってよく知りもしない、しかも自分の職務にはなにも関わりもないような者には冷たいように思える。

「そうだな、佐々木の仕事はみんながきちんと働いているかを監視することだから、ある程度厳しいのは仕方がないのだ」

「では……厳しいのは職務上だけで、仕事から離れたら実はとても優しい人だとか？」

「……ああ、いや。佐々木は規律や伝統を重んじる者だから、家族や親族に対しても厳しかったな。まあしかし、部隊の中には佐々木のような者も必要なんだよ」

苦笑いの藤十郎が言っていることも分かる。

分かるけれど、あんな厳しい言い方をしなくても、とはやはり思ってしまう。

ふと隣に気配を感じてそちらを見ると、いつの間にかシロがやって来てせつなの隣に座っていた。

しかしその目はせつなを見るのではなく、藤十郎のことを見ている。その目が、なぜか懐かしげなものに見えた。

シロは藤崎家で飼われていた犬である。

藤十郎はシロの存在に気付き、そしてあやかしであることにも気付いていた様子だが、それ以上の反応は示さなかった。実家に飼われていた犬なのに、と不思議に思っていた。

しかし、もしかして藤十郎が京に出てから飼われた犬だったのかもしれない。そうなるとあまり馴染みがないのだろうかと思っていたが、そういえば以前は藤十郎は盆と正月には奥沢に戻っていたのだ。全く知らない、ということはないだろう。

藤十郎はふと笑みを浮かべてシロの側へとやって来てしゃがみ込み、触れられないのに、シロの頭を撫でるような仕草をした。

「君は、あやかしが怖くないのかい？　この子はもうこの世ならざるものだろう。そんな犬を引き連れて……。普通なら怖がって、祓ってもらおうとするものだと思うが」

「そのようなものでしょうか？　この子は全然悪さはしませんし、ただ、私について来ただけで」

シロは藤十郎に会いたいからついて来たのかな、とも思ったのだが、藤十郎のこの反応を見るに、特別シロと縁があるようには思えない。犬好きが、犬がそこに居たからかわいがっているような、そんな反応だ。

「あやかしとなったからには、なにかこの世に未練があるように思えます。私は迷っているあやかしを天に送るような力はないのですが、なにかあるのならば一緒に探してあげたいんです」

以前にせつなの前に現れた幽鬼が、話を聞いてあげただけで満足して天に昇っていったことがあった。死後あやかしになった者はその未練を果たせれば姿を消すのだろう。せつなはシロにずっと居てほしいとは思うが、なにか望みがあるのならばそれを叶えてあげたいとも思う。

「……うちにも同じような白い犬がいたんだ。名前はシロといった」

「シロ、ですか。藤崎家では代々、犬には同じ名前を付けていたんですか？」

「いや。そんなことはない」

なぜそんなことを聞くのか分からない、といった怪訝な表情を向けてきた。

「その子もシロと言います。お墓にそう名前が書いてありました。奥沢の藤十郎様のご実家から私についてきたのです」

「……なんだって？」

怪訝な表情をこちらに向ける藤十郎が、どうしてそんな反応を見せるのか分からず、こちらが戸惑ってしまった。

「この子が、シロだって……？」

「はい……。違うのでしょうか？　お墓にそう書いてあったので、てっきりそうかと。藤崎家では私の他にあやかしの姿がそうはっきり視える方がいらっしゃらず、シロの霊鬼がいる、なんて言ったら奇妙な顔をされそうだったので、藤崎家の人々に確認はしておりませんが」

では、シロの墓の側にいたこの子はどこの犬なのだろう。

シロと縁があって、シロの近くにいたくて寄ってきた子だろうか。

「いや、まさかシロが……確かにシロは私が飼っていた犬だが、私が故郷に居たときには姿を見かけたことがなかった。まさか、死んでもなおあの場所に留まっていたなんて」

「そうなのですか？　初めて見つけたときにはなんだか寂しそうな顔をしていましたので、誰も供養していないから寂しいんだと思いまして、それで毎日お墓に水を」

「君が、毎日水を……？」

「ときどき花も手向けたら喜んで。そういえばそれからでしょうか。ときどき私について歩いてくれるようになったのは」

シロは引き続きぱたぱたと緩やかに尻尾を振りながら、藤十郎のことを見つめている。

藤十郎は、そんなシロのことをなぜか切なそうな瞳で見つめている。シロとの間になにかあったのだろうか、と勘ぐりたくなるような雰囲気である。

「では、この子はやはりあのシロなのか？」

「恐らく……そうではないのでしょうか？　藤十郎様と会えてとても嬉しそうです。そんなに嬉しそうな顔をしたことはありませんよ」

「そう、なのか……」

そうなのだ。

このシロの反応を見るに、ようやく長く別れていたご主人様と会えた、というようなものに思える。藤十郎の側に付けば、ずっと従順についていくような気がする。

「……シロには悪いことをした。恨まれているのだと思っていた」

「そんな様子はありませんね。優しい主人に再会できて嬉しがっているようにしか」

「優しい……？　私が？」

そう呟いてシロの目をじっと覗き込む。

ひとりと一頭の間になにか言葉にならないやりとりが行われているような気がした。

「シロは……狗神にしようとした犬だった」

不意に藤十郎がそんなことを言い出した。

「狗神、ですか？　それは……」

あまり穏やかなことではない。

普通の犬を狗神とするには、とても残酷なことをしなければならないのだ。

せつなはその方法について、実家にあった書物を読んで一部だけは知っている。一部、だけなのはその残酷さゆえ、それ以上読むことをしなかったからだ。

狗神になれば、式神として使役して、あやかしと対峙するときに助けになっただろう。

藤十郎は術士である。より強大な力を得ようとするとき、式神の力を得ようと思うのは普通のことであろう……きっと。せつなは術士の世界のことを、それほど詳しく知っているわけではないけれど。

「しかし狗神にすることはかなわず、命を落としてしまった」

「それは……」

「私が殺してしまったようなものだ」

そうして藤十郎は切なげに瞳を伏せた。

しかし、そんな藤十郎を見てシロは心配そうに鼻を鳴らすのだ。

「だからシロは、私のことを恨んでいるのだと思っていた」

「いえ、そんなふうには見えません。藤十郎様を慕っているように見えます」

「そうだろうか……？」

そうして悲しげな瞳でシロを見つめる。シロはそんな藤十郎を見て、尻尾を振り続けていた。

「せつ……。お主には礼を言わねばならぬようだ」

「お礼なんて大袈裟（おおげさ）です。私はただシロを連れて来ただけですから。ご主人様に会えてよかったわね、シロ」

そう呼びかけると、シロは今度はせつなの方を見てぱたぱたと尻尾を振った。ここまで連れて来てくれてありがとう、と、そう言われているような気がする。

「どうやらお主には、あやかしを視（み）るだけではなく、不思議な力があるような気がする……と、お主もしかして……」

「え？」

藤十郎はなにかを言いかけたが、そのまま口を閉ざしてしまった。気になったが、こちらから聞くことができないうちに、恐らくは今言いかけたことと別の話を始めてしまった。

「ところで、シロはもうすっかり君に懐いているようだ」

「え……そうでしょうか？」

「シロ、これからお前の主人はせつだ。せつのことを守ってくれ。私から言わなくても、もうそうしているようだが」

シロは了解したというように藤十郎の瞳をまっすぐに見つめて、ふんと鼻を鳴らした。

すると藤十郎はもう一度シロの頭を撫でるような仕草をしてから立ち上がって、母屋の中に入って行ってしまった。

残されたせつなは今までのやりとりを思い出してしばしぼうっとしてしまったが、やがて覚醒し、残った食器を洗った。

せつなはその日も早起きをして、ひとり洗濯にいそしんでいた。
洗濯はかなりの量で、それを洗濯板で洗っていくのはかなり骨が折れる。ここに来てからそろそろ半月ほど、少しは慣れてきて昼前には洗濯を終えられるようになってきた。大変なことに変わりはないが、慣れてきたらかなり仕事が速くなってきて、休憩の時間も取れるようになってきた。
(離縁されたら……実家に帰るしかないと思っていたけれど、どこかに住み込みで働くようなことはできないかしら？　華族の娘としてそれは相応しくないと分かっているけれど、実家で迷惑をかけるようなことになるよりも、こうして働いている方がいいかもしれない)

この時代、身分によってそんなことを言っていられないというのは分かっているが、なんとかならないだろうかと考えてしまう。

やはり京に出てきてよかったと思うのは、閉じこもりきりでは分からないことが分かったことだ。せつなの世界は、京に来たことでぐっと広まった。

(生まれに関係なく、自分の好きな通りに生きられたらいいのに)

そんなことを考えながらここまで洗った洗濯物を干そうと、せつなは籠に洗濯物を入れて立ち上がり、物干しへと向かった。水を含んだ洗濯物は、せつなの絞り方がまだまだ甘いということもあってかなり重く、たくさんの量をいっぺんに運ぶことができないので、洗っては干し、洗っては干し、を繰り返しているのだ。

そうして仕事をなんとか昼前に片付けて、縁側に座ってひと休みしていると細川がやって来て、せつなの隣に腰掛けた。

「最初はどうなることかと思ったけれど、最近ずいぶんと手際がよくなってきたよな」

「そう言ってくださると嬉しいです」

そんなふうに仕事を褒められたことが今までなくて、せつなは笑顔で頷いた。

「せつなが来てくれてから、本当に助かっているよ。雑事を次々と片付けてくれるから。俺が口添えしたのに使いものにならないままだったらどうしようかと思っていた」

「次々……というほど手際よくできているかどうかは分かりませんが。お役に立てているのならばよかったです」

考えてみれば、今まで人の役に立てていると思ったことはなかった。自分はずっと誰かのお荷物で、迷惑をかけてばかりの存在だった。

「いっそのこと、隊長の奥方様のお付きなんて辞めて、ずっとここで働いたらどうだ？」

「それは無理だと思います。なにしろあの佐々木副隊長が……」

次の下働きが見つかったら、すぐさま出て行けと言いそうだ。

「ああ……佐々木さんか。確かに大きな壁だな、口うるさいし」

「それに笹塚さんも。いえ、彼は優しいところもありますが、口を開けばいつ奥沢に帰るんだ、と聞いてきますので。嫌われているとしか……」

「笹塚さんは、隊長を故郷に帰したくないばかりに、せつに厳しく接しているだけだ。せつが隊長の奥方様のお付きを辞めて、こちらで働くと言ったら態度を変えるのでは？」

「そうでしょうか……」

そうできたらいいかもしれないと考えてしまう。確かに辛いこともあったが、嫁ぎ先で帰らぬ夫を待っていた生活よりもずっといい。しかし、それはせつなが藤十郎の妻であるということを考えると無理な話なのだ。いつまでも隠しとおせるわけでもないし、間もなくしたら藤十郎の実家に戻らないといけない。

「でも、そうか。せつの実家の人が納得しないかもしれないな。隊長の奥方様のお付きだったのが、うちの下働きをするならば、実家に戻って来いなんて言われそうだな」

「恐らくそれはないと思います。私の実家にはすでに両親がなく、帰っても歓迎されるようなことはないのです」

座敷牢に閉じ込められていただとか、兄嫁が、といった余計な話はしなかった。自分の事情を話したところで重く思われてしまうだけだ。

「そうなのか。せつも実家との縁が薄いんだな」

「私も、とおっしゃいますと？」

「いや、うちの隊には実家との縁が薄い奴が多いから。あやかしが視えるなんて、家族に不気味がられることもある」

あやかしとは、よほど強大な力を持っていれば実体化、人の目にも映る様になるが、そうでなければ普通の人には感知できない。なんとなく嫌な気配がする、不審な音がする、とそれだけだ。

「私も、幽鬼であっても普通の人と見分けがつかないくらいはっきりと視える性質ですので。そうですね、なにも知らない人には不気味がられました」

「隊にはそんな事情を持った者が多い。だから、第八警邏隊が唯一の居場所のように感じている者が多い。でも、お上の中には、こんな隊は解体した方がいいなんて言っている者もいて……」

「え？　まさかそんなことが？」

「江戸（えど）の世が終わって、陰陽師寮（おんみょうじ）も解体したからね。新しい時代が来たのだ、あやかしなんて馬鹿らしいって。恐らく、人一倍鈍い人で、あやかしの姿なんて目の当たりにしたことがないからそんなことを言うんだろうな。そして、それを抑えてくれているのが藤崎隊長、ってことなんだ」

「政府の……上の人に顔が利くってことでしょうか？」

「そうだ。いろんなところに顔が利く。あのお人柄だ。藤崎隊長を嫌いなんて人はまずいないからな」

「そうなのですね……」

　ここで我が夫は凄（すご）いのだと誇れないのが残念なところだった。

「皆さん、立派な働きをされていることがよく分かりました。私は、そんな方たちの少しでもお役に立てるようにがんばります」

「ああ、そうしてくれると俺も助かるよ。雑事から解放されて」

　そう冗談めかして言ってくる細川に苦笑いを漏らしながらも、自分でも少したりとも人の役に立てていることに充足感を覚えていた。

「ああ、あんた。もしかして第八警邏隊の新しい下働きではないの？」

とある場所へ文を届けるというお使いを終えて大通りを歩いているとき、不意に壮年の女性に声を掛けられて足を止めた。

そこは茉津屋という店の前だった。女性はそこで働いているようだ。格好からして店主の妻だろうか。

「ええ、そうです。しばらくの間ご厄介になっております。萩原せつと申します」

せつなは深々とお辞儀をしつつ丁寧に挨拶をした。先だって叶枝に言われたことだが、使用人を見れば主人のことが分かるという。ならば、第八警邏隊の評判を落とさないように自分もしっかりしなければと思ってのことだった。

「やっぱり。この前、あんたが第八警邏隊の屯所から出てくるのを見かけてね。ああ、ちょっと待って。実は持っていってもらいたいものがあってね」

そうしてせつなを店内へと呼び寄せるように手招きをした。それに応じて店へと入っていくと、その途端に甘い匂いに包まれた。

茉津屋とは和菓子屋であった。棚の上にまんじゅうやおはぎが並んでいる。

それから、せつなの目を惹いたのは色鮮やかな練り菓子であった。季節を感じさせるもので、楓の葉を模したものや、芋や栗を使ったと思われる菓子が並んでいる。

「はい、これ。隊士さんたちに差し入れだよ。うちの新作のちまきなんだ」

女性が奥から出てきて、皿に盛られたちまきをせつなに渡してきた。笹の皮に包まれており、おいしそうな匂いが漂ってくる。

「もちろん、あんたも食べていいからね」

「わあっ、ありがとうございます。こうして皆さんが差し入れをくださること、隊士の皆さんはとても有り難いとおっしゃっています」

「ああ、それならよかったよ。私たちを護るために大変な思いをしてらっしゃるからね。こんなことで喜んでもらえるなら、いくらでも」

そうして差し入れをいただくことは本当に多かった。中には、昨日はうちの娘を助けていただいてありがとうございますと涙ながらにやって来て、せめてものお礼にと家に代々伝わる大きな壺を渡されそうになったこともあった。あまり高価なものは受け取るなと言われているので、それはもちろん丁重にお断りした。

それを心得てなのか、差し入れは食べる物が多い。おかずになるものもそうだが、米や塩や味噌などを持って来る人もいるのだ。

食べ物の差し入れは、未だに隊士たちが満足する飯を作ることができないせつなにとっても有り難い。

「うちは和菓子屋だからね。こんなもので申し訳ないんだが。本当は新作の菓子などを差し入れられればいいんだが、隊士さんたちはあまり甘いものは好きではないだろう？」

「え……、そうなのですか？」

それを少し意外だと感じたのは、奥沢に居るときに藤十郎は甘いものが好物であると聞いたことがあったからだ。

「藤十郎様は、以前はうちのお店を贔屓にしてくれていたんだけれどね」

まるでせつなの心を読んだように、そんな話をされたので驚いて持っていた皿を落としそうになり、慌てて持ち直した。

「任務で忙しくて、甘いものを食べるどころではなくなってしまったのかもしれないね。それはそれで悲しいことだけれどね」

頬に手を当てて大きなため息を吐き出した。確かに藤十郎はなにかと忙しそうだ。

第八警邏隊の主な仕事は、市中を見回り悪意あるあやかしを狩ること、そしてそのあやかしを操る悪い陰陽師を取り締まることだった。

第八警邏隊に所属する者は全てで七人。ひとりは一時故郷に戻っているというから、今は六人、屯所で寝起きしていた。地方の出身者が多く、そのあやかし祓いの能力をかわれて、集められたとのことだった。

藤十郎は隊士たちを仕切る他に政府の上の人たちの調整などもしていて、それはなかなかに骨が折れそうだった。よく文のやりとりをしている他に、屯所に役人が訪ねて来ることもあるし、藤十郎自身が赴くこともある。隊士たちがなんの気兼ねもなくあやかし退治に集中できるように、と努めていることが外から見ていても分かる。

「たまには甘いものなど食べて、ゆっくりできる時間があればいいのにと思いますが」

「そうだよね……。一度差し入れたことがあるんだけどね、どうにも余ってしまってもったいないから、これからは控えるように遠まわしに言われたことがあってね……」

そんな話をしていたとき、不意に店の扉が荒々しく開けられた。

「母ちゃん、大変だ！　雛があやかしに捕まった！」

飛び込んで来たのは十歳かそこらの男の子だった。蒼白な顔をして荒く息を吐き、足元も覚束なく、やっとの思いでここまでたどり着いたという様子だった。

「なんだって……！　どういうことだい！」

せつなと話していた女性はその男の子の母親で、恐らくは雛というのは彼の妹かなにかだと思われる。今まで穏やかに話していたのが、一気に緊迫した空気となる。

「雛と崇と遊んでいて……そろそろ日が暮れるから帰ろうとしていたところに急に雨が降り出して……」

言われて初めて気付いた。

店の女性と話しているうちにいつの間にか雨が降り始めていた。雨の勢いは強く、しばらくやみそうにない。

「わ、私は屯所にこのことを知らせに行きます……！」

せつなが慌てて店から出ようとするが、男の子の声がそれを遮る。

「あやかしの警邏隊の人達への知らせは祟が行ってる……。俺はとにかく家に言って伝えろと言われて……それで雛は」

男の子は涙で顔をぐちゃぐちゃにしながら、それでも一生懸命に話し続ける。

「雛は逃げる途中で足を挫いて、動けなくなって」

「足を挫いただって？　それで、雛はどこに？　そのあやかしが出たっていうのはどこなんだい？」

「そ、それがよく分からないんだ。たぶん、青崎神社の辺りだとは思うんだけど。とにかく夢中で山を下りて……」

「私、やっぱり行きます」

そして手に持っていた皿を棚の上に置いて、せつなは店を出た。

その途端に雨の匂いに混じって、不審な臭いを感じた。これはあやかしの臭いかもしれない。青崎神社という場所は分からなかったが、この臭いを辿ればあやかしがいる場所までたどり着けるのではないかと思った。

突然の雨で、軒先で雨宿りをしている人々が多い中、せつなは雨の中を駆けて行った。

第八警邏隊への知らせは行っているということだったが、あやかしの元にひとり残されたという女の子が気になって仕方がなかった。どんなに心細い思いをしているだろう。自分が行ってもどうなるものでもない、という考えはせつなの中には今はなかった。

とにかく懸命に走り続け、臭いを辿って市街地を抜けて山道へと入っていった。

雨はまるでやむ気配はなく、せつなは髪も着物も足袋までもびしょぬれになりつつも山道を走り続け……もう走れないと立ち止まったところで不意に身が震えてしまいそうな黒い気配を感じた。

これは……あやかしの気配に間違いない。

しかし気配だけでこんな、怖じ気づいてしまうようなあやかしとは一体どういうものだろう。そちらへ近づいては危険だと本能が告げていたが、せつなはそれを振り切って、気配を辿ってその場所へと向かった。

すると不意に、山の麓からこちらに何者かが近づいてくる気配があった。

もしかしてあやかしが、と思ったがそうではなかった。

「こんなところに居ると危ない……っと、なんだせつなじゃないか。こんなところでなにをしている?」

それは笹塚だった。その背後には細川の姿もある。

「あ……おふたりとも……実はこの先にあやかしが……」

「知っている。その知らせを聞いたから来たんだ。お前はさっさと屯所に戻っていろ」

そうしてふたりは走って行ってしまった。

見る見る小さくなる背中を見つめつつ、ふたりで行ってくれたのならばもう大丈夫かと思いかけたとき。

「うわぁぁあん！」

はっきりと、女児のものと思われる泣き声が聞こえてきた。

これが捜していた雛の泣き声ではないかと思ったら、そのまま引き返す気にはなれず、せつなはすっかり雨を含んで重くなってしまっていた着物で、泥濘に足を取られて何度も転びそうになりながらもそちらへと向かった。

そこは、古びた神社の裏手にある森だった。

鬱蒼と生い茂った葉が雨に濡れる中で、その者は佇んでいた。

先の猿のあやかしのような大きな姿ではない。だが、そこから放たれる不穏な気配は、この場にいるだけで具合が悪くなってしまいそうな、強大なものだった。

人が……立っていた。ざんばら髪で、その頭には矢が突き刺さり、背中には刀が突き刺さっていた。落ち武者があやかしになったもののようだ。眼窩が深く落ち込み、そこが闇になり、見ていると吸い込まれてしまいそうだった。

そこには、笹塚と細川の姿の他に、佐々木の姿もあった……のだが。

佐々木は既にそのあやかしと対峙していたのだろうか。肩が大きく抉れ、鮮血が滴っていた。

「遅いぞ、笹塚、細川」

余裕の言葉に思えて、切羽詰まった気配がある声色だった。

(え？　佐々木さんって……大きな口を叩く割に弱い……なんてわけないわよね？)

佐々木は刀……恐らくはあやかし斬りの刀を持ち、落ち武者姿のあやかしを油断ない目つきで見ている。少しでも目を離し、隙を見せた途端に襲い掛かってくるような、そんな不穏な空気を感じる。

会話からすると、どうやら先に佐々木がこの場に辿りついていてあやかしと戦っており、ふたりは遅れてやって来たという様子であった。

細川と笹塚はすぐに抜刀して、佐々木と同じようにあやかしの動きに気をはらった。

落ち武者の方は、自分に向かってくる相手が増えたというのにまったく臆することなく、むしろ喜んでいるように思えた。かかか、と口を鳴らして、その腐りかけた目を爛々と輝かせている。

　そのとき、しゃくり上げるような声が聞こえてきた。

　見ると、せつなが立っていた場所のすぐ近くの木陰にしゃがみ込んで震えている五歳ほどの女児の姿が見えた。

「あなた、雛ちゃん？」

　せつながしゃがみ込んで尋ねると、女児は何度も頷き、涙と鼻水でぐしゃぐしゃになった顔でせつなを見上げ、がばっと抱き付いてきた。せつなの腕を、やっと来た助けを逃がすまいとするようなすごい力で摑んでくる。よほど怖い思いをしたのだろう。

「……結局来たのかよ。戻れって言ったのに」

　細川が一瞬だけこちらを振り返って言い、すぐにあやかしの方へと視線を戻した。

「でもちょうど良かった。その子を連れて早く逃げろ」

「は、はい……」

　そう答えて雛を抱き上げて立ち上がろうとしたとき。雛はそう重くないはずなのに、ここまで必死に走ってきたせいで疲労が溜まっていたのか、そのままよろけて倒れてしまいそうになった。雛を落とすわけにいかない、と庇ったら倒れた瞬間に足を変な方向へと曲げてしまった。

「……つっ」

　どうやら足を挫いてしまったようだ。鈍い痛みが足に走った。

しかし、こんなところでいつまでも座り込んでいるわけにはいかない。襲ってくる痛みに耐えて、せつなが右腕で雛の身体を支え、左手を木の幹につけてなんとか立ち上がろうとしている間に、あやかしとの戦いがはじまっていた。

まず、仕掛けたのは笹塚だった。

あやかし斬りの刀を構え、落ち武者へと走り込み、一気に飛び掛かっていった。

そして、落ち武者の視線が笹塚へと向かったのを見逃さなかった細川が、すかさず落ち武者の右方向から飛び掛かっていき、佐々木は左方向から斬りかかっていった。

三人に同時に来られたら、避ける術(すべ)はないだろう。これで勝負がついた、と思ったが全くそうではなかった。

落ち武者は視線を正面に戻し、まず斬りかかってきた笹塚を左手で制し、続いて来た細川を右手で、手負いの佐々木は右足で蹴(け)り上げて吹き飛ばした。

そして落ち武者がふぅーっと息を吐き出すと、周囲に波動が生まれ、笹塚も細川も地面に叩(たた)きつけられた。

せつなはその光景を目の当たりにして、言葉を失った。

最初に見たのは藤十郎と笹塚が難なく巨大なあやかしを倒している姿だった。だから、彼らはそんなふうに簡単にあやかしを倒せるものなのだと、圧倒的な存在なのだと思っていた。

しかし、あの猿のあやかしはあまり力を持っていないものだったのだ。強大なあやかしが現れたときには彼らはこんな苦しい戦いを強いられているのだ。

（こんなの、下手したら怪我をするだけじゃ済まない、死んでしまうわ……）

せつなは一時、逃げるのも忘れて呆然とその場に立ち、彼らの姿を見つめてしまった。

もうこんなあやかしはいいから、どうか逃げて、と叫びたかった。

しかし彼らはすぐさま立ち上がり、臆することなく更に落ち武者に向かっていく。

空からまっすぐに落ちてくる雨が彼らの身体を濡らし、足下は泥濘み、視界をぼやかせる。それでも、彼らはそんなことはものともせずに戦いを続ける。

遠目にも彼らが無傷ではないことが分かる。佐々木は元から肩に大怪我を負っていたし、笹塚は地面に叩きつけられたときに左腕を痛めたのか、ぶらりと垂れ下げている。骨が折れているのかもしれない。細川は額を切ったのか血が顔をつたっていて、そして明らかに右足の動きがおかしい。

「笹塚、細川。お前たちは一旦下がっておけ。あいつは俺がやる」

ふたりの怪我を気にしたのか佐々木がそう言うが、

「なにを言っているんですか。佐々木さんこそ酷い怪我です、下がって……」

そう細川が言った途端、落ち武者がなにかを投げつけてきた。危ない、と叫ぶこともできないせつなよりもそれにいち早く気付いた佐々木が動いて、ふたりを庇った。短刀が佐々木の手に突き刺さる。

「さっ、佐々木さん……っ」

細川が叫んで佐々木の前に回り込もうとするが、佐々木の腕がそれを制した。

「だから下がっていろと言っただろう」

そう言うが、強がりであることは分かっていた。

笹塚と細川は目配せをして一旦佐々木の後ろに下がり、とりあえずは彼の援護をすることにしたようだが、それで形勢不利を解消できるのだろうか。

一体どうしたらいいのか、自分にもできることはないかと考えていたときだった。

「……こんなところでなにをしている？」

不意の声にびくりと肩を震わせて振り返ると、そこには藤十郎が静かに立っていた。

いつもの優しげな彼とは違う、凛とした厳しさがあった。

「な、なにを……と言われましても」

「その子は……？」

そしてせつなが抱えていた雛へと視線を送る。雛はせつなの胸に顔を埋め、雨に打たれたことによって身体が冷えたからなのか、それとも恐怖のためからなのか、ぶるぶると震えていた。

「この子は、あやかしから逃げ遅れて、怪我を……」

「ならばその子を連れて早く戻れ。……と、お前も怪我をしているのか？」

さすがに藤十郎と言うべきだろう、ただ立っているだけなのにせつなが足を挫いたことを見抜いたようだった。

「仕方ない。目立たないところに隠れて動くな。すぐに済ませるから」

せつなを一瞥して、皆のところにゆっくりと歩いていった。

その後ろ姿を見て、この人はこんなあやかしを前にして怖くはないのだろうかと考えてしまった。

ひと目でどんなに切羽詰まった状況か分かるだろう。三人がかりでも、あやかしに傷ひとつ付けられていないのだ。それどころか、皆手負いで、息遣いも荒くいつ倒れてもおかしくない状況である。

そんな中に自分が入っていってもどうにもならないかもしれない、という恐れはないのだろうか。

(私にできることは……と、目立たないところに隠れて)

そう思うがなかなか足は動かない。安全なところに隠れる、といってもこの雨の中、女児を抱いたままでそう遠くには行けない。結局せつなは大きな木の裏に隠れた。

「ごめんね、でももう大丈夫だから少しだけ我慢して」

雛はせつなの二の腕のあたりをぎゅっと握り締め、僅かに頷いた。

そうは言いつつも、もう大丈夫だという根拠はなにもない。藤十郎はああ言ったが、三人でかかっていってもあやかしに傷ひとつ付けられていないのだ。今更藤十郎が加わったところで、と考えてしまう。

しかし、自分にはなにもできない。今は信じて見守るしかない。

せつなは木陰に隠れながら、彼らの様子へと目をやった。

「隊長……っ！」

藤十郎に気付いたのか、笹塚が声を上げた。

その声には安堵の感情が含まれていた。佐々木と細川も、藤十郎の登場に表情が少し和らいだ。藤十郎が来たからもう大丈夫という、そんな雰囲気を感じた。

「……酷い怪我だな」

藤十郎は落ち武者のあやかしへとまっすぐ目を向けたまま、佐々木たちの方へ一瞥も向けずに言う。

「油断しました。すみません」

「いいから、お前たちは下がっていろ」

その言葉に従うように、三人は一旦戦線から引いてしまった。

いや、いくらなんでもそれはないのではないかとせつなは思ってしまう。藤十郎が戦う、と言っても、それを援護するべきではないかと思ったのだった、が……。

「え……」

それは息を呑む間もない、一瞬の出来事だった。

藤十郎が腰にある刀に手を掛けたのは分かったのだが、それから先が分からない。

鋭い光の線が、走ったようには見えた。

その次の刹那には、落ち武者は真っ二つに分かれて、その形を失い、黒い靄となって、霧散しているところだった。

そして、キン、という鋭い音が響き……せつなが気付いたときには藤十郎の刀は鞘に納められていた。

一瞬の隙もない。あやかしは指一本動かすこともできずに藤十郎に斬られてしまった。

(強い……なんてものじゃない。圧倒的じゃない……)

隊士たちが引いた気持ちも分かった。自分たちがいても邪魔になるだけだ、と知っていたのだろう。

落ち武者のあやかしがいた場所にはもうなにもなく、まるで今までの出来事が嘘のような静寂に包まれていた。

その場所に静かに立つ藤十郎は、息のひとつも切れていない。まるで野原にある花を手折っただけのようだ。彼にとってあやかしを倒すとは、それだけのことのように思えた。

自分の夫は、もしかしてとてつもなく恐ろしい者なのではないかと、そんなことを考えてしまっていた。

「せつ、少し話があるのだが、いいか？」

竈（かまど）の前にしゃがみ込んで、火の具合を見ているときに不意に背後から話しかけられた。

藤十郎がいつの間にかせつなの後ろに立っていた。

「はい……！　もちろんです」

せつなはすぐさま立ち上がろうとして……手当てしてもらった足に痛みが走るがそれを顔に出さないようにと努め、ぴんと背筋を伸ばして藤十郎の前に進み出た。

「いや……そうかしこまらなくてもいい」

そう言いながら藤十郎は近くの腰掛に座って、腕を組んで話し始める。

「先ほどだが、どうしてあんなところに居た？」

先ほど、とはもちろん第八警邏隊が落ち武者のあやかしを退治したときのことである。

隊士たちはその戦いでかなり大きな怪我を負っていた。

一番重傷だった佐々木は、それまでは息も絶え絶えだったのに、屯所に戻ってきて水を飲んでほんの少し休んだだけでいつもの調子を取り戻した。肩を怪我した上にあばらを何本か折ってしまっていた。あばら骨を折ってしまうなんて、きっと息をするのも辛いはずなのに、佐々木はそんな様子はおくびにも出さず、しばらくは晩酌はやめておくか、とつまらなそうに呟いていた。

笹塚は左腕は酷く腫れてはいたが、骨折はしておらず、腫れを抑えるための薬草の湿布をつけた。臭い……とぼやいてから、しばらく休むと別の部屋に行ってしまった。

細川は額を傷つけ、足を挫いたもののそちらも重傷まではいっていなかった。ただ、頭を包帯でぐるぐる巻きにしているので、彼が一番重傷のように見えた。が、本人はまったく大したことがないという様子で、外回りに行くと言って出掛けてしまった。

「ええっと……あの、あやかしから逃げ遅れた子が居ると聞いて、居ても立ってもいられなくなって……」

そうしてせつなは事情を説明するが、藤十郎の眉根に皺は深くなるばかりだった。

「その子のことが心配だったという気持ちは分かるが、せつが来たところでなにもならなかっただろう」

「はい……面目ありません。おまけに私まで怪我をしてしまいまして」

思い起こせば、なんの役にも立てなかった。あれではただ第八警邏隊の戦いを見に行っただけ、であろう。雛を無事に茉津屋まで連れ帰り、そこで涙ながらに手を握られて感謝の言葉を述べられたが、それはせつなに向けられるべき言葉ではなかった。

「もしかしてこの屯所で働くうちに、第八警邏隊の一員になったような気持ちになったのかもしれないが、それはお主の役割ではない」

いつもの穏やかな表情だったが、その口調は厳しいものだった。咎められているように感じてしまう。

「はい……本当に申し訳ありません」

「こんなことはもう二度としないように」

きっぱりと言い捨てられた言葉に戸惑って身体を強張らせていると、それに更に追い討ちをかけるように藤十郎が続ける。

「本当は褒めるべきことなのかもしれない。せつの必死な気持ちも分からないでもない。どうにかしてやりたくて、居ても立ってもいられなくなったのだろう。我々のような無骨な者ではなく、せつのような優しげな女性が助けに来てくれたことであの女の子も安心したことだろう。あやかしを倒した後もずっとせつにしがみついていて離れなかった。しかしそれを認めることはできないのだ。力もない者が他者を助けようと思わない方がいい」

「はい……」

全く言われる通りで、せつなは頷く以外できない。

「お主のような者がいては、あやかし討伐の邪魔なのだ。今回はあやかしに気付かれなかったからいいが、もし気付かれて人質に取られるようなことがあればこちらは動けなくなる。つまり、足手まといになるのだ」

そんなことは全く考えていなかった。

命懸けで戦う場である。そんなところでせつなは邪魔者なのだ。せつなが居ることで、彼らの命を危険にさらす事だってあったかもしれない。

「申し訳ありません、考えが至らずに……」

せつなはしょんぼりと項垂れながら、深々と頭を下げた。

まったくなんてことをしてしまったのか、と伏して詫びたい気持ちだった。これでは藤十郎の妻として失格である……そうとは認められていない状況ではあるが。

「それにこちらはせつを預かっている身だ。せつに万一のことがあったら、せつの家族に顔向けができない」

「はい……」

「それからなにより、せつのような若い女性が傷つくところを見たくない。せつのような者を守るために私たちはあやかしたちと戦っているのだ」

「私のような……ですか？」

「いいか？　私のためにも、もうあんな危険なことはしないでくれ」

そう言って藤十郎は立ち上がって、せつなの頭をぽんぽんと撫でてから、出て行ってしまった。

せつなは突然のことに驚いてしばらく動くことができず、窯の薪が大きく爆ぜる音でようやく我に戻り、慌てて竈の前に座り込んだ。

「……部屋まで飯を持ってきてくれたことには礼を言うが、お前の飯ではなあ……」

夜半になって、寝ていた笹塚が起きた気配があったので、彼の元に夕飯を持っていたせつなが浴びせられた言葉だった。

行灯のほのかな光でよくは確認できなかったが、笹塚の顔色は帰って来た時よりはよくなっているようだった。

「大丈夫です、私が作ったものではありませんので。裏の奥さんがお裾分けしてくださったものです」

「ああ、そうか。ならば安心した」

そう言ってご飯茶碗を持ち、ご飯をかきこんでいく。余程腹が減っていたのだろう。

夕飯はせつなが炊いた麦飯に、お裾分けでもらった鯖のしょうが味の煮付けに、ほうれんそうのおひたしに小松菜の味噌汁にたくあんだった。

「そういえばお料理を橋本さんにも持っていったのですが、今回も食べていただけませんでした」

橋本の部屋は西の離れの一番奥にあった。

彼は先の任務中に怪我をしたことが原因で、今は療養中とのことだった。調子がいいときには部屋の外に出てくるが、それ以外はずっと寝たきりのようだ。

「……元々食が細い人だから。酷い傷を負って、生死の境を彷徨って……食べられるものと食べられないものがあるようだ」

「左様でございましたか……それでも少しでも召し上がってくだされぱいいのに」

「橋本さんのことは、他の隊士がやっているから大丈夫だ。お前には病人の世話などできないだろう？」

それは全くその通りであり、また、もしかしてあやかしにやられた傷は他と違う特別な治療が必要なのかもしれない。

「佐々木さんも笹塚さんも細川さんも、橋本さんのように長期の療養が必要になったら困ると思っていましたが、大丈夫のようですね」

「ああ、これくらいの傷ならば日常茶飯事だから、休んでなんていられない。ただでさえこのところ京ではおかしな事件が起こっているというのに」

「事件、とは穏やかではありませんが。あやかし絡みなのですか？」

このところ皆忙しそうに見回りをしていることにはなんとなく気付いていた。なにかあったのか、とは思っていたのだがそれを聞く機会はなかったし、隊の仕事のことはせつなには関係ないと教えてくれないかもなと思っていた。

「そうだな。人が突然意識を失い、そのまま眠っているということが起きている。まるで魂を抜かれてしまったようにな」

「……そのようなことが」

「どうだ、怖くなって奥沢に帰りたくなったのではないか？」

笹塚は脅すような口調で言ってから右手を握り、左手でそれを受け止めるような仕草をした。その途端に傷が痛んだのか、呻いて口許を歪めた。

「あの、あまりご無理をなさらないでください。さすがの笹塚さんでも、二、三日はしっかり休んで体力を回復することに努めてください」

心配するせつなの言葉をきちんと受け取ってくれたのか『ああ』と面倒くさそうに言い、憎まれ口を叩くことはなかった。

「京にはあんな強いあやかしがいるのだと驚きました。そして、そのあやかしをあっという間に片付けてしまった藤十郎様にも。あんな優しそうで、穏やかな方なのに、あやかしには容赦がないのですね」

「そうだろう！　藤十郎様は素晴らしく強い方なのだ！　俺たちの自慢の隊長なんだ」

笹塚は本当に嬉しそうに言う。藤十郎を心の底から尊敬しているのだろう。

そしてそれ故、藤十郎を実家へと連れ戻そうとしているせつなを邪険に扱うのだろう。

「しかし……藤十郎様でも難儀するようなあやかしが居る。我々が束になっても倒せないようなあやかしがな」

「あんなにお強いのに、ですか？」

「ああ。お前のような者が襲われたらひとたまりもないぞ」

そうして意地悪く笑う笹塚は、せつなを怖がらせて奥沢に戻らせようとしているのだろうか。確かにそれは恐ろしいが、彼らの戦いを見てしまったせつなは、自分が襲われることよりも彼らの方が心配になってしまう。

「……お前とお前の主人には悪いと思う。だが、藤十郎様は第八警邏隊に必要な方なのだ」

それはもう重々分かった。あんなに簡単にあやかしを倒してしまうところを見たから余計に、である。

（もう……諦めて奥沢に戻って、離縁を受け入れるしかないのかしら）

そう考えると心が塞がれるような思いであったが、あんな恐ろしいあやかしが跋扈する京から、その者たちを退治する使命を帯びた藤十郎が離れるわけがないし、藤十郎から故郷の妻について……つまりはせつなについてなにも聞かれることはない。引き続き故郷の妻なんていないように扱っているということである。こんな状態で、自分がなにを言っても無駄であるとしか思えず、もう藤十郎を奥沢へ連れ帰る手立てなどないように思えた。

第三章　その瞳に映るもの

「あらあんた、まだ帰っていなかったの？」

とある日の夕方、せつなが玄関前の掃除をしていると、不意に声を掛けられた。

箒（ほうき）を持つ手を止めて顔を上げると、そこには欅亭（けやきてい）の若女将（わかおかみ）、叶枝（かなえ）の姿があった。

鮮やかにひかれた唇の紅を歪（ゆが）めて、顎（あご）をやや上げて、なにか嫌なものを見るような目つきをこちらに向ける。

「ええっと……叶枝さん、こんにちは」

少々の苦手意識があったので、たどたどしい挨拶（あいさつ）になってしまった。

「もう一度言うわね、まだ帰っていなかったの？　こんなところでなにをしているの？」

「なにを、と言われたら、玄関前の掃除です」

屯所の門近くにあるカエデが落葉の時期を迎えていた。朝掃いたはずなのだが、夕方には再び散り積もっている。朝夕と門前を掃くのがこのところの日課なのだ。

「そんなことを聞いているのではないわよ。この屯所にどうしてあなたがいるの、と聞いているの」

　叶枝はお使いに行くところなのか、それともその帰りなのか、花鳥柄の風呂敷を抱えていた。今日の着物は落ち着いた紅色の仕立てである。どこに行っても恥ずかしくない、いつもきちんとしている、という雰囲気である。

「奥沢に帰るまでの間、しばらく置いていただくことになりまして」

「どうしてしばらくこちらに居なければならないのかしら？　すぐに帰りなさいな、もうすぐ寒くなるわよ。陽気がいいうちに帰った方がいいわ」

　それは確かにそうだと納得する。

　昼間はいいが、朝晩は冷え込むようになってきた。奥沢まで三日程、せつなの足では五日かかった旅程である。

「そうですね。しかしすぐに帰るわけには」

「すぐに帰って、あなたの主人に藤十郎様は帰りませんと告げた方がいいのではない？」

「その……ですね。あっさり諦めて帰ったと思われたら、叱責されてしまう可能性もあります。少したりとも藤十郎様を連れ帰るために粘った、と思われたいのです」

「……ああ、そういうこと。それならばいいわ」

　叶枝はそっけなく言ってからふいっとせつなから視線を逸らし、勝手知りたる様子でさっさと裏手に回って、勝手口から屯所の中に入って行ってしまった。せつなはついついその後を追いかける。

「ちょっと藤十郎様、いないの？」

せつなは勝手口近くに持っていた箒とちりとりを置いて、部屋の中へと呼びかける叶枝の斜め後ろに立った。

「藤十郎様は今お出掛けしています。なんでも、どこかから急な呼び出しがあったとかで、お昼過ぎに」

「あらそう。では、誰かいないのかしら？　欅亭の叶枝です。どなたかいらっしゃらない？」

叶枝はこちらのことなど一瞥もせずに呼びかけ続ける。ここには自分がいるのだから、用事があるのならばまずは自分に言ってくれればいいのにと思うが、叶枝はせつなをこの屯所の者だと認める気はないという気配だ。

そのとき、向こうの方から板張りの廊下が軋む音がして、こちらへと佐々木が歩いてくる姿が見えた。

「あら、佐々木さん。いらっしゃったの？」

叶枝が嬉しそうに言いながら、履物を脱いで屯所へと上がった。

「ああ、少ししたら出るが」

「あのね、実は今夜急に団体さんの予約が取り消しになっちまってねぇ。それで、せっかくの料理がフイになっちまったんだよ」

そう言いながら叶枝は風呂敷をほどいて、中から美味しそうに煮付けられた魚を盛った皿を取り出した。

「それなら、あのせつに渡せばいい。ここで下働きをしているのだ」

「それは聞いたよ。まったく物好きだねぇ。あんな使えなそうな娘っ子を働かせるなんて。ここでの仕事はそれなりに多いのではないのかねぇ？　第八警邏隊には六人も隊士さんがいらっしゃるんだ、もっと働きがよさそうな人を探した方がいいんじゃないのかねぇ」

「人手不足でな。仕方がないのだ。こんな娘でも、いないよりはましだ」

佐々木はむっつりとした表情で、はっきりと言い放つ。隊士の中で佐々木だけは、せつなを一切評価してくれない。

（六人……あ、そうね。おひとりは故郷にお帰りだから）

どちらにしてもそれなりの仕事量があることに変わりはない。そんなこと、ここで勤めさせてもらう前は考えてもいなかったから、ずいぶん甘い考えで働かせてくださいと言ったものだと思う。

「いつもすまないな。なにかと贔屓にしてくれて助かっている」

「いやねぇ、そんなことないよ。むしろ助けられているのは私たちだからねぇ。このくらい安いものさ」

「いや、それが俺たちの仕事だからな」

「大変な仕事をしてくれて、みんな感謝しているのさ。ときどきの差し入れくらい、安いものだよ」

「ああ、助かる」

（私に対する態度とまるで違う……。やはりいつもむっつりとしてる副隊長佐々木さんも、美人には弱いのね）

せつなはふたりの様子をついつい見つめてしまう。叶枝は女性にしては背が高いほうだが、佐々木となら釣り合いが取れるのではないか、とそんなことを考えていると。

「早速だけど……、ちょっと屯所の掃除でもしようかしらねぇ？　ずいぶんと汚れているじゃないか」

「いえ、部屋の掃除ならば私が毎日しております」

割り入るように言うと、じろりと睨まれてしまう。

「毎日だって？　これで？　まるで行き届いていないじゃないか」

そう言いつつ、叶枝はつかつかと竈の後ろへと指を突っ込み、そこをつつっとなぞった。

「ほら！　こんな埃が残っている！」

「そんなところ、埃が溜まっていても誰も気にしないのでは？」

「まあ！　口応えをする気？　なんて生意気な！」

「ああっ！　すみません！」

鬼のような叶枝の迫力におののいてしまったが、よくよく考えたらここでは部外者のはずの叶枝にそんなことを言われる筋合いはない。

筋合いはないが、恐ろしくてとても言い返せない。

助けを求めるように佐々木に視線を向けるが、彼は叶枝に頷きかけているだけだ。まったく味方をしてくれるような雰囲気はない。

「それに窓だって……ああ、あんなに薄汚れて……！」

「そ、そうおっしゃいますが、毎日の洗濯と炊事の他に、屯所の掃除まで……。ひとりで完璧にこなすのはとても無理……」

「黙らっしゃい！」

叶枝の目がギラリと輝いた気がする。

吊りあがった瞳と唇の紅色に白い肌……まるで巨大な白蛇に睨まれたようだ。

「うちの旅館だったら、一日で暇を与えるわ、こんな使えない娘！」

「そうですか……すみません」

「こんな不衛生な環境に、隊士様たちを置いておくわけには参りません。すぐに私が掃除をいたします！」

そう言いつつ、自前の襷で着物の袂をまとめて、早速はたきを持って奥の部屋へつかつかと入っていってしまった。

ああ、そんな素晴らしい着物姿の女性に掃除をさせるなんて、とせつなは躊躇ったが叶枝はそんなことを気にする様子はまるでない。

ここは手伝うべきなのだろうか、とも考えたがかえって邪魔に思われそうだ。

「……お前は大人しく洗濯物でも取り込んでおけ」

せつなの気持ちを察したように佐々木に言われ、その通りにしておいた。そして洗濯物を取り込み終わると、門前の掃除を再開した。中途半端にするのはなんとなく気持ちが悪かったからだ。

そして、せつなが落ち葉の掃除を終えて台所に戻って来ると、叶枝が桶を抱えて井戸へ向かうところだった。

先ほど怒られたばかりだが、宿屋の若女将という立場でありながら、いや、だから余計なのだろうか、ここまできぱきと働けるのを頼もしく思ってしまう。

せつながのろのろと台所で飯炊きの準備をしている間に、叶枝は休むことなく屯所の掃除を続け、日が暮れた頃に炊事場へとやって来た。

「ふぅ、ひと通り終わったわ。本当に酷いものだったわ」

(……まだ一刻も経っていないと思うのだけれど)

しかし叶枝の言うとおり、屯所は文句のつけようがないほど掃除が行き届いていた。

床はぴかぴかだし、窓には汚れひとつないし、埃のひとつも落ちていない。

「では、私はこれで行くわね」

「あの……ありがとうございました」

　せつなはぺこりと頭を下げたのだが。

「別に、あなたのためにやったんじゃないわ。隊士様たちのためよ」

　襷をほどいて着物を整えると、小さく息をついた。

「この有様だと、ただで置いてもらっているのが悪いから少しだけ部屋の片づけをしているとかそんなふうだけれど」

「これでも一日中くたくたになるまで働いているのですが」

「そうね、あなたには育ちのいいお嬢様の隣について、ちょっとしたお手伝いをするのが向いているわ。さっさとあなたのご主人のところに帰りなさいな」

　そう言い置いて、叶枝は行ってしまった。

　ぐうの音も出ない。確かに自分から働かせてくださいと言っておいて、最初よりはましな働きをしているが、それはあくまで自分としては、であり、他の人と比べたらかなり劣っているのだろう。

（役に立てていない……こんなに精一杯務めているのに）

　やり切れない思いに、陰鬱なため息を吐き出した。

　せつなは神社の境内にある石椅子に腰掛けて、口を噤み、じっと足元にある玉砂利を見つめていた。

ここは以前に落ち武者のあやかしが出た青崎神社だった。

誰もいない静かなところへ行きたい、と考えて思いついたのはここしかなかった。

時は間もなく黄昏時になりそうな頃だった。

(もう藤十郎様を奥沢に連れ帰ることは無理だと分かっているわ。その本当の理由を知りたかったけれど、これ以上ここに留まるのは難しいかもしれないわね。このまま奥沢に帰って、離縁されて……。実家に戻るしかないのかしら？　でも実家にはもう私の居場所なんてない。もう、というか、最初から私の居場所なんてないのよね)

そう考えると、無性に寂しい気持ちになってきた。

どこでも必要とされていない。きっと、ふいに消えてしまっても気にされないのではないかとまで思ってしまう。

ふと境内へと続く長い階段を上がってくるような気配があった。

あやかしが出るような、寂しいところにある不気味な神社であるが、神社は神社である。

誰か信心がある者がお参りにでも来たのであろうかと思ってそちらを見ていると。

「え……」

その者の姿を確かめて、思わず立ち上がってしまった。

そこには藤十郎の姿があった。

ぼんやりとそちらを見つめていると、藤十郎もこちらに気付いて、なぜかとても安堵したような顔をした。

ゆっくりと歩を進めてくる藤十郎に、なんと声を掛ければいいのか迷いつつも声を上げる。

「藤十郎様がどうしてこんなところに？　この神社にお参りですか？……ああ、それともこの前倒したあやかしのことで？」

そう尋ねると、藤十郎は首を横に振った。

「違う。お主がなかなか戻らないから迎えに来たのだ」

「え……？」

「こんな時間までなにをしている？　年頃の娘は日が暮れる前に帰っているものだ」

少々咎められている気配を感じるが、心配してくれたのだ、と思うとじわじわと嬉しくなってしまう。

「すみません、京ではそういうものなのですね」

「京だけではなく、どこに行ってもそういうものだ。お主は……いや、なんでもない」

そう言いつつ、藤十郎はせつなが腰掛けていた石椅子に腰掛けた。つられてせつなもその隣へと座る。

「どうした、なにかあったのか？」

優しく尋ねられて、ついつい心を許して全てを話したくなってしまうが、それはぐっと堪えた。

「実は……そろそろ奥沢に戻ろうかと思っておりまして。お情けでこちらに置かせてもらっておりますが、あまり役にも立てておらず、申し訳なくて」

「そんなことはない。皆、助かると言っている」

一瞬嬉しくなってしまったが、しかし彼はその優しさからそう言ってくれるのだろう、と疑いの気持ちを抱いてしまう。

「そうでしょうか？　いいのです、藤十郎様。遠慮なさらないで下さい。藤十郎様だってもっと掃除が行き届いた部屋で、毎日美味しいご飯を食べたいのではないですか？　おかずについては近隣の方のお世話になっているからよろしいとして、ご飯も美味しいものを食べたいでしょう？　私が炊いた、釜底が焦げてしまった炭臭いご飯ではなくて」

そう、せつなにはご飯を炊くだけでもひと苦労なのだ。

井戸の水を汲んで、人数分の米を研ぐのも大変だと感じていた。米を研ぐのに力任せでやると米が割れてしまう。かといって弱い力で研いでも米ぬかは剝がれない。微妙な力加減が必要なのである。しかも朝餉のための米は夜遅く、木枯らしが吹く中で冷たい水を何度も替えながら行わなければならず、手の感覚がなくなってしまう。

水加減も最初は失敗して粥が炊き上がったときには絶望した。そしてなにより大変なのは米を炊く火加減だ。これを会得するには年単位でかかるのではないかと考えてしまう。今までは人が炊いてくれたものを当然のように食べていたが、平伏して毎日ありがとうございましたと礼を述べたい気持ちである。

「それについては……こちらが申し訳なかったと思う」

「え？」

「屯所で働きたいと熱心に言うからつい了承してしまったが、本来ならばお主がそんな雑事をする必要はない。今までそのような仕事をしてきたわけではないのであろう？」

「それはそうなのですが……」

「だからそう長く続かないと思い、すぐに音を上げて結局辞めることになるだろうと。ならば最初からここで働かない方がいいと思ったのだが、こんなに一生懸命に励んでくれるとは予想外だった」

「あ……」

　藤十郎にここで働かせて欲しいと頼んだとき、冷たくあしらわれただけだと思っていたが、そこにはそんな気遣いもあったのだと初めて気付いた。

「もっと別の仕事をやってもらうのがいいように思う。今の仕事をがんばっているので、それを奪うようで言い出せなかった」

「がんばっていると、思ってくださるのですか？」

「もちろんだ。この手だって」

そうして藤十郎はせつなの手を取った。

驚いて飛び上がりそうになってしまう。藤十郎の手は温かく、今まで思いつめていたことがほろほろとほどけていくような気さえした。

「こんなに荒れてしまって。慣れない水仕事のせいだろう？」

「は、はい……。いえでもっ、働く者としてこのくらいのこと当然ですから。お世話になっているわけですし」

不意に手を取られたことに動揺してしまう。

どうしてだろう、ただ単に手が触れているというだけなのに、胸の高まりが止まらない。

「無理をしなくてもいい。毎日朝早く起きて、夜遅くまで働いて……。もっと早くに止めるべきだった」

藤十郎が手を放すと、せつなはその手をひざに置いた。

藤十郎に触れられた右手だけがいつまでも熱を帯びているような気がする。高まる胸も未だに収まらない。

「でっ、ですが……別の仕事、なんてあるのでしょうか？」

「そうだな。例えば私の身の回りの世話をしてもらうだとか」

藤十郎の身の回りの世話……。

それは妻という仕事ではないのだろうか。

そんなことを意識して言っているのではないと分かっていたが、ついついそんなふうに考えてしまった。

「実は数年前まで私の身の回りの世話のためと従者をつけていたのだ。その者が故郷に帰ることになり、それ以来新しい者を探してはいなかったのだが」

「その役割を私に……？」

「向いていない仕事を無理にやる必要はない。それに、最初から屯所の下働きは他に探している。なかなか見つからないので、その間をせつに任せていたが、いつまでも甘えられない」

（そこまで気遣ってくださるなんて……）

嬉しくなってしまうが、しかしどのみちせつなは近々奥沢に帰らなければならないのだ。

いつの間にか第八警邏隊の屯所は、せつなにとって居心地のいい場所になっていた。人の顔色を窺いながら寂しい暮らしをしていた奥沢の屋敷よりもずっといい。それなのに、自分があまり役に立てていないのが不甲斐ないのである。

佐々木は相変わらず辛辣であるが、他の隊士とは打ち解けてきていた。なにより、命懸けの大変な役割をする彼らを近くで見守っていたいという気持ちが芽生えてきていた。

それは、藤十郎に対してもそうである。

藤十郎はとても強いが、笹塚(ささづか)は藤十郎でも苦労する相手がいると言っていた。いつか藤十郎はあやかしによって倒されて……と思うと気が気ではない。せつながなにかできるわけでもないとは分かっているが、遠い場所で藤十郎の無事を祈っているよりは、近くにいて藤十郎の役に立ちたいと思ってしまう。

（いっそ、妻ということを隠して、ずっとここで働けたらいいのに。そうしたら叶枝さんにでも頭を下げて、仕事を仕込んでもらって……）

しかしそれは土台無理な話なのだ。

今は藤十郎の優しさを辛(つら)いと感じてしまう。せつなは胸の前でぎゅっと拳(こぶし)を握ってから、心を切り替えるようにふっと口許(くちもと)に笑みを浮かべた。

「お気持ちは、とても嬉しいです」

「そうか。ならば、今日にでも他の隊士に話して……」

「ですが、どのみち私は臨時雇いですので、藤十郎様の従者を探すのならば別の人が相応(ふさわ)しいように思います」

「……ああ、そういえばそうだったな。なぜかずっと居てくれるような気がしていた」

その言葉が嬉しくて、なぜか泣きたいような気持ちになってしまった。

（妻としては必要とされていないのに……でも）

なぜか藤十郎の顔をまともに見られなくなってしまった。

それでも、こっそりと窺うように藤十郎を見つめていると、その視線に気付いたのか藤十郎がこちらを向いた。それに驚いて、慌てて目を逸らしてしまう。

「……………？　どうかしたのか？」

「いえ、なんでもありません……！」

なぜか頬が熱を帯びてしまう。今が夕暮れ時で、顔がよく見られなくてよかった。

そのうち藤十郎がでは帰ろうかと立ち上がり、せつなはその後に続いて歩き出した。

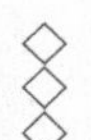

食器に続いて飯炊き釜を洗い終わり、今日の仕事は終わったとばかりに大きく伸びをして母屋に戻ろうとしていると、誰かが勝手口の前に立っているのが見えた。こんな時間に誰が、と思ったら月明かりの下、彼の特徴的な赤髪が目に入った。

「あっ、橋本さん。今日は調子がいいんですか？」

せつなが声を掛けると、橋本の顔だけがこちらを向いた。

「ああ……そうだな。昼間よりも夜の方が調子がいいんだ」

「お疲れさまです。なにか召し上がりますか？」

「いや、大丈夫だよ」

そしてふたりで勝手口から台所へと入っていった。

「どう、京には慣れた？」

優しい口調で聞かれ、せつなはええ、と頷いた。

「最初はどうなることかと思いましたが……隊士の皆さんがよくしてくださるので、なんとかやっています」

「そうか。なあ、いっそのこと隊長の奥方様のお付きなんて辞めて、ここで働くことにしたらどうだ？」

「え？　それは……」

自分の望みを言い当てられてしまったようで焦る。それができたらどんなにいいかと思うが。

「どうやらせっちゃんはこの屯所に馴染んでいるようだし」

「せっちゃん？　とは私のことですか」

「ああ。なぜか親戚の子のように感じるんだよね。そう呼ばれるのが嫌なら……」

「いえ、そんなことはないです。むしろ、親しみを込めていただいて嬉しいです」

今までそんなふうに呼ばれたことはない。子供扱いされている、と少々思わなくもなかったが、この場所に馴染めたからそんなふうに呼んでくれるのだ、と考えた。

「せっちゃんはさ、帰ってこない夫を迎えに行け、と京になんの馴染みのないお付きを差し向けるような主人の下で働くよりも、こちらで働いた方がいいのではないか？」

それはせつなも望むところで、橋本がこう言ってくれるのは飛び上がるほど嬉しい。

ただしそれはせつなが本当に藤十郎の奥方のお付きである場合である。

「そうしたいのは山々ではあるのですが、私はお付きという立場ですので。こちらで働くことは奥方様を裏切ることになりかねません」

「そんなこと、気にすることないのに」

「そういうわけには参りません……。その、今まで雇っていただいている恩義も義理もありますし」

「そんなことからは自由になっていいと思うけれどな」

橋本はふと月をあおいだ。

「……時代は変わった。生まれだとか、主従関係だとか、そんなことに縛られない時代がこれからやって来る」

「そんな……時代が本当に来るのでしょうか？」

「ああ、きっと来る。今、この国には外国からたくさんの文化が取り入れられている。鉄道にガス灯……人々の姿も変わった。人々の考えもやがて変わっていくだろう。自分の思うまま、もっと自由に生きられることになる」

橋本の言葉は、とても魅力的に思えた。

生まれだとか育ちに縛られずに、自分の好きなように生きられたらどんなにいいだろう。身分差がなくなり、誰とでも結婚できる。せつなは、そんな世の中になっても藤十郎と結婚したいと願うけれど。

「君には京のような賑(にぎ)やかな場所が似合うよ」

「本当ですか？　そう言ってくださると嬉しいです……」

ずっと閉鎖的な場所で暮らしていたから。

そこでしか暮らせないような気が今までしていたが、そうではないのだと、自分にも他の道があるのだと認めてもらったようで、じんわりと幸せを感じる。

「奥沢とは縁を切って、こちらで働くのだとしたら、みんな応援してくれると思うよ」

「そうでしょうか？」

「少なくとも俺は応援するさ」

「本当ですか？　それは心強いです」

そんなふうにはできない、と分かっていても、橋本のその言葉が嬉しかった。

（今までどこにも居場所がないように感じていたけれど、ここでならば必要とされている）

それは偽りの自分だから、と知っていたが、今だけはひとときでも居場所を得られたような幸せな気分に酔っていたいと感じていた。

「そういえば、橋本さんはどうして第八警邏隊に？」

「どうして……？　そんなこと気になる？」

せつなは小さく頷く。どこか摑みどころがなく、軽口を言う橋本でも、きっとなにか強い志を持って第八警邏隊に入ったのだろう、という予想の下に聞いたのだが。

「俺の家族はあやかしに襲われて……」

「あ……」

それは聞いてはいけない事情だったかもしれない。だが橋本はさして気にする様子もなく話していく。

「家族はすぐに殺されてあやかしに食われたが、俺はしばらくそのあやかしに連れて歩かれた」

「そ、それは一体どういうことだったんでしょうか？」

「たぶん、食料だったんだろうな」

橋本は、いつものようになんでもないように言うが、それは壮絶な体験だったのだろうと予想する。家族を殺された苦しみを抱えているだけではなく、自分はいつ殺されるかと思いながら毎日過ごすのである。

「ああ、ごめんごめん。そうだよな、あんまり気楽に話すことではないな」

「いいえ、聞いてしまった私が悪いのです。すみません、そんな事情を存じ上げず……」

せつなはすっかり恐縮して頭を下げるが、橋本はなんでもないというふうに笑っている。

「まあ、そういうことだからさ。俺はあやかしのために不幸になる者がいない世が来ればいいと願っている」

彼の中でこうして普通の顔をしてこんなことを話せるようになるまでかなりの時間があったのではないかと推察する。

「皆さん……強いですね。辛いことがあっても、それをものともせず」

「ああ、そうだな話しすぎたな。我ら第八警邏隊、人に弱みは見せないようにしているはずなのに、つい。せっちゃんには不思議な力があるように思えるな」

そう言って笑った橋本は、せつなに心を許してくれているような気配があり嬉しくなると共に、自分の方の事情を話せないのを心苦しく思ってしまう。

本当にここにずっといて、そして隊士たちを支えられたらどんなにいいだろう。そんなことは、できないのに。

「藤十郎様、文が来ております」

せつなが藤十郎の部屋に隣接する板張りの廊下に座り、藤十郎へと話しかけると、彼は書見台から顔を上げた。

せつなは立ち上がり、藤十郎に文を手渡すと彼はすぐさま文をひっくり返して差し出し人を確かめた。

「ああ、珍しいな。羽原殿からだ」

「……懇意な方からだったのですか？」

せつなは一旦廊下に出て、そこに座って藤十郎へと話しかけた。

「そうだな、羽原殿は私の兄弟子なのだよ」

そう言いながらつづら折りにされていた文を広げていく。そして熱心に文に目を通す藤十郎へ、せつなはついつい話しかけてしまう。

「その……藤十郎様はあやかし討伐をするために師匠について厳しい修行を積んだと聞きましたが、羽原殿はもしかしてその時の？」

「ああ、そうなんだよ」

文に目を落としたままで明るい声でそう言って頷く。

私からの文も、そんなふうに読んでくれたらよかったのに、と思うのは僻みであろう。

「ご立派ですね。あやかしから人々を守るために修行をなされて」

自分の歪んだ気持ちを封じ込めるためにそんなふうに話を振ってみた。藤十郎はついと目を上げて、せつなのことを見つめる。

「本当はそんなつもりはなかったのだが……。今はあやかしを退治するのを仕事にしているが、本当はあやかしのことを守りたくて、師匠に弟子入りをしたんだ」

「あやかしを守る、ですか？」

それはまるであべこべではないか、とせつなの頭は混乱した。

「そうだな……」

藤十郎は少々迷ったように瞳を巡らせ、ややあってから再び話し始めた。

「あやかしもこの世に生を与えられた生物だ。悪いものばかりではない。人に危害を与えるようなものはもちろん討伐しなければならないが、そうではないものもいる」

「シロ、も、そうですものね？」

「ああ、そうだな」

そう即答してくれたことを嬉しく思う。

あやかし、とひと口に言っても様々なものがいて、全てを討伐する必要などないと、せつなも常々そう思っていた。あやかしを討伐する任務を帯びている第八警邏隊を率いる藤十郎が、自分と同じ考えであることに安堵する。

「……とはいえ、あやかしはあやかしだ。人とは違う。その辺りはわきまえなければならないのだが……」

そう言う藤十郎が、なんだかとても複雑な表情をしているように思えた。普段からあやかしと対峙している藤十郎である、恐らくあやかしに対して深い考えがあるのだろう。

藤十郎は優しい人だ。

だがその優しい眼差しの奥に、こちらからは窺い知れない感情が隠れているように思えることがある。なにか、自分たちとは違う世界を見つめているような。

(それがなんなのか、私が分かればいいのに)

藤十郎が心を許せる特別な人になら、彼はそれを露わにするのだろうか。そう考えると胸が苦しくなる。

彼がせつなに向けてくる優しさは、誰に対しても向けてくるものだ。そうではない、特別な感情を向けてくれないかと思ってしまう。それを願っても叶わない、ともう分かっているのに。

「ときに、せつは橋本とよく話すようだが、それは控えた方がいいかもしれない」

「え？　どうしてでしょうか？」

橋本は第八警邏隊の屯所へ来たときに、最初に優しく話しかけてくれた人だ。せつなは橋本に好意を持っていて……好意と言っても男女のそれではなく、優しい兄だとか、頼れる年上の友人とか、そういうことであるが。

「橋本は……そうだな、ああ見えて大きな怪我を負って療養中の身だ。長く話すと、自分からはそう言わないとしても疲れることもあるだろう」

「なるほど、そういう事情でしたか。すみません、配慮が足りずに」

「ああ、そうしてくれ」

それで会話が途切れたので、せつなは辞去する旨を告げて立ち上がった。

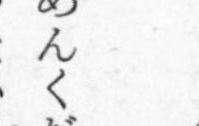

「ごめんください、どなたかいらっしゃいませんか？」

せつなが風呂場でしゃがみ込み風呂釜の水垢を落としていたとき、玄関の方から声がした。

慌ただしく手を拭きながら玄関へと向かうと、そこにはせつなと同じか、少し上だと思われる女性が立っていた。

長い髪を頭の高いところで結って、そのまま背中へと垂らしていた。羨ましくなるほどの艶々の直毛である。白色の地に鮮やかな桔梗の花の柄が入った着物に濃い紅色の袴姿で、どこかの女学校の生徒であろうか、と窺われた。

「あの、こちらは第八警邏隊の屯所だと聞いて来たのですが」

「はい、そうです」

「まさか、あなたが第八警邏隊の方で……？」

疑わしそうな瞳と、まさか、という言葉になんとなく含みを感じた。

「いえ……私はこちらで働かせていただいている者でして、第八警邏隊に所属しているわけではありません」

「そうでしたか。私は沙雪と申します。伊予の相川という場所からやって来ました」

「はい……それで、どういったご用向きで」

「実は、私は巫女でして」

「巫女……ですか？」

せつなが首を傾げると、沙雪は大きく頷き、瞳を輝かせながら凛とした声で言う。

「はい。第八警邏隊のお役に立てないかと思いまして、こちらに参りました。隊長である、藤崎藤十郎様とお話をすることはできませんか？」

沙雪は眩しいほどの笑顔をせつなに向けてきた。

藤十郎に会いたいという人が来た、とのことを告げると、ちょうど手が空いているから会うとの返事であったので、沙雪を客間に案内し、すぐに藤十郎がやって来るから少し待つように言い置いてから台所へと向かった。

わざわざ伊予から来た巫女だという彼女は、もしかして第八警邏隊に入隊を希望しているのだろうか。あのような可憐な女性にあやかし退治ができるのだろうかと考えたが、巫女だというからきっと特別な力を持っているのだろう。

竈(かまど)の前にしゃがみ込み、湯を沸かしながらあれこれと考えていた。

もし彼女が第八警邏隊に入隊するとなったら、ここで暮らすことになるのだろうか。伊予から来たというから、きっとそういうことになるだろう。

(キレイな方だったわ。それに巫女だというから、あやかしについても詳しいはず。きっと藤十郎様と話も合うでしょうね)

もしかして一緒に暮らすことになったら、徐々に心を通じ合わせるようになっていい仲になって……などということを考えてしまい、慌てて首を横に振った。

恐らくは特別な使命感を持ってわざわざ京までやって来たのだろう。そんな人に対して浮ついたことを考えてしまうのは失礼である。

(でも、気になるわ)

そんなことを考えていたら、いつの間にかやかんがぐらぐらと煮立っていた。慌てて竈から外し、急須(きゅうす)に茶葉を入れて、茶を淹(い)れた。

お盆に茶碗(ちゃわん)をふたつ載せ、客間へと板張りの廊下を歩いていった。

最初は熱湯で茶を淹れてしまい、お前は茶も淹れられないのか、と怒られたものだが、今ではちょうどいい温度の、ちょうどいい濃さのお茶を淹れられるようになっていた。大事なお客様に出すのにもなんの心配もない。

客間へとたどり着き、ぴったりと閉まった襖の前に座り、一旦お盆を床に置いて襖を開けようと手をかけたとき、室内の会話が漏れ聞こえてきて、動きを止めてしまった。

「まあ、それでは私の力など必要ないとおっしゃるの？」

いかにも不服そうな声が聞こえてきた。

一体どういうことなのか、と思わず手を止め、客間の会話に耳を欹ててしまう。

「そうですね、今のところはあなたの力を借りる必要はないと思われます」

対する藤十郎のきっぱりとした言いように、これはこれ以上どう言っても無駄であるのではと感じた。

「そんな……私はわざわざ伊予から駆けつけたのですよ？　京に巣くうあやかしたちを退治するために……！」

「その心意気は有り難い。だが、今のところ手は足りているのだ」

それは本当だろうか、とせつなは疑ってしまう。先だってのあやかし退治の様子などを思い出すと、あやかしを退治するのに人は多いに越したことはないのではと思うからだ。それに橋本は怪我の療養のために戦線から離脱しているし、ひとりは故郷に帰っていて不在である。

「……は！　手が足りているですって？」

苛立った様子の沙雪は、吐きだすように言う。

「まったくそのように思えないわ。京の、このあやかしの数はなに？　確かに、帝が京を去ってからあやかしの数が増えたとは聞いていたけれど、この数は異常だわ。それを討伐するために第八警邏隊が編制されたと聞いたけれど、あなたたち、ちゃんと働いているの？」

　第八警邏隊を侮るような言い方が気になって、思わず反論したくなってしまう。

　せつなが襖の向こうで苛立たしい気持ちになっている間にも会話は続いていく。

「下等なあやかしたちも平気でうろうろしているじゃない……！　この現状を、あなたはどう思っているの？」

「力を持たないあやかしは、人に危害を加えることはない。しかも普通の人の目には映らないものがほとんどだ。特にこちらからなにかする必要はない」

「なにを言っているの？　あやかしなんて見つけたそばから討伐していけばいいのよ！あやかしにいいも悪いもないわ。力がないからと目こぼしするような必要はない。片っ端から片付けていけばいいのよ！」

「そうだな」

　藤十郎は深々とため息を吐き出した。

「……そのような心持ちの者と共にあやかし退治をするのは難しい」

「なんですって？　せっかく手を貸してやろうって言っているのに！　そうね、ようやく分かったわ。あなたたちがしっかりしていないから、京はこんなあやかしが跋扈する地であり続けているのよ！　もしかして、帝からの命を受けているからと、自分たちは優れた者たちだからと過信していない？」

　黙している藤十郎に対して、沙雪は更に興奮した様子で続ける。

「ああ、そうね、もしかしたら京のあやかしたちを退治しつくしてしまったら、自分たちの存在意義がなくなるからとわざと手を抜いているのかしらね？　そうよね、京からあやかしがいなくなってしまったら、もう京の人々から頼られることもないもの。そうとしか考えられないわ。そんな企みだったら私が第八警邏隊に加入したらまずいことになるわよね。私は京に巣くうあやかしは残らず全て退治するつもりでここに来たんだもの……！」

　沙雪は藤十郎に侮蔑するような目つきを向けた。

「そうでなければ、第八警邏隊はとんだ間抜けの集まりってことかしら？　そうよね、普通の人たちにはあやかしが退治できるってだけで有り難くて、その力量については分からないものね」

「少しお待ちください……！」

　せつなはすっくと立ち上がり、思わず襖を大きく開け放ってしまった。

　突然のせつなの登場に、藤十郎と沙雪にぎょっと目を瞠られてしまうがそんなことを気にしていられなかった。

「あなたは……！　皆さんがどんなに辛い目に遭いながらあやかしを討伐しているか知らずにそんなことを……！」

　せつなは客間の中に入り、沙雪の前に立った。

「それに、第八警邏隊の方々が間抜けですって？　そんなことは決してありません！　皆さんとてもお強い方たちばかりです。私は隊士さまたちが戦ってらっしゃるところを見たことがあるので、よく分かります」

「……せつ、今はこの女性と話しているのだ。控えてくれないか？」

　藤十郎が困ったような様子でそう咎めるが。

「いいえ！　黙ってなんていられません！」

　せつなは勢いよく藤十郎を振り返ってから、再び沙雪の方を向いた。

「皆さん、毎日命懸けであやかし討伐をされています。大怪我を負ってもそれを平気なふりをして。恐ろしく強大な力を持ったあやかしに対しても怯むことなく果敢に挑んでいます。もし勝ち目がないとしても決して逃げるようなことはないでしょう、本当は怖くて仕方がないこともあるはずです。でも、そんなことはおくびにも出さずに果敢に向かっていくんです、自分の命の危険も顧みずに。京の皆さんを守るために必死でお務めを果たされています。それを、誰にも侮られる覚えはありません」

　せつなは拳を強く握りつつ、更に続ける。

「それに、急にやって来てなんですか！　あなたは第八警邏隊に入隊したいとやって来たのでしょう？　入らせてください、と伏してお願いするのが筋でしょう？　力を貸してやろう、なんて偉そうな態度が気に入りません。あなたみたいな人、どんなに素晴らしい力を持っていようと、こちらからお断りです……！」

鼻息荒く言って、腕を組むが。

「だからせつ、最初からお断りしている」

やけに冷静な声が背後から聞こえてきて、それでせつなははっと我に戻って、自分はなんて余計なことをしてしまったのだろう、と襖の前に戻ってがばっと平伏した。

沙雪は突然のことに呆然としていて、その前に座る藤十郎は腕を組み、苦笑いを浮かべていた。

「……ということで、うちの下働きもこう言っていることであるので、お引き取り願えないだろうか？」

沙雪に告げる藤十郎を見て、自分はなんて生意気なことを言ってしまったのだろうかと後悔する。せつなに、入隊希望者を拒む資格なんてないのに。

「………。そうですわね、分かりました」

沙雪は怒ったように言ってからすっと立ち上がり、そして藤十郎を見下ろしながら言う。

「ですが、もうどんなに頭を下げて頼んでも、私は第八警邏隊に力を貸す気はありませんから。そのときに後悔しても遅いのですよ」

「ああ。覚えておくよ」

そして沙雪は一礼して、大きく足音を響かせながら廊下を歩いていってしまった。その勢いに、しばらくせつなは動けずにいた。足音が遠ざかっていくと、藤十郎に向かってもう一度頭を下げた。

「すみません藤十郎様、出すぎた真似を……」

あんなふうに憤って声を荒らげるなんて、とんだ失態を見せてしまったと後悔し、消えてなくなってしまいたいような気持ちになった。

華族の娘のはずなのに、たしなみのひとつも持ち合わせていない。自分が恥ずかしくて仕方がない。藤十郎も軽蔑しただろう、若い女性があんなふうに取り乱して、と。

「いや、気にする必要はない」

「いえ、ですが……。恥ずかしいところをお見せしてしまいました」

「そんなことはない」

その声がやけに近くから聞こえるなと思ってふと顔を上げると、藤十郎がせつなの前にしゃがみ込んでいた。

「あんなふうに必死になってくれるなんて、嬉しかった」

「え……いいえ……そんな」

まるで吐息がかかってしまうような距離に戸惑い、せつなの頬が熱を帯びた。

「私たちの仕事を、そんなふうに理解して、庇ってくれるなんて」

「いえ、当然のことです。皆さん私たちのために命を懸けてくださっているのですから」

藤十郎の優しい言葉に、緊張して声が震えてしまう。真っ赤な顔を見られたくなくて、目を合わせることができない。

「ときどき……私たちがしていることはなんなのかと虚しくなることがある」

「え……そんな。人々をお守りする立派なお仕事なのに」

「家のことまで犠牲にして、私がやる必要があるのかと、そんなふうに考えてしまうこともある……」

それはもしかして故郷に置いている妻、すなわち自分のことを思いやってのことなのだろうか。いや、せつなのことだけではなく、故郷の奥沢のことを考えてのことなのだろうけれど。

藤十郎は実家のことをなにも気にしていないわけではないのだ。気がかりながらも、京に住まう人々のことを思って心を押し殺しているという側面もあるのだろうか。そう考えると少しは救われたような気になる。

「藤十郎様は……立派なお仕事をされているのです。ご自分の決めた道を歩まれるのがよろしいかと思います」

それは紛れもない本心であった。

藤十郎に夫として奥沢に戻って欲しいと思っていたが、藤十郎の考えを変えることなんて自分にはできないと理解していた。彼は自分のこと以上に他人のことを大切に思う人物であり、使命に忠実で、そのためには自分のことを犠牲にするのを厭わない人だろう。妻として……そんな夫を理解し、認めることが役割であろう。

「そんなことを言われると、心がぐらついてしまいそうだ」

不意になにか温かいものに包まれたようになり、せつなはびくりと肩を震わせた。

（えぇ……？）

せつなは座った体勢のまま、藤十郎に抱きすくめられていた。

一体どういうことなのか、と理解できずにただじっと身を固くしてしまう。

「ありがとう。身近な人にそう言ってもらえると、私の心も救われる」

そして更に強い力で、せつなを抱きすくめた。

（これは……特別な意味はなく、ただ……自分の側に自分のことを理解してくれる……使用人がいて嬉しいと、それだけの意味で……）

そうは思うのだが、彼の心に触れられて嬉しくて。ずっとこのままで居られたらいいのに、と願ってしまった。

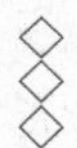

「違うよ藤十郎様、そっちの赤い糸は向こう側に垂らすんだよ」

「ああ、これは最初からやり直した方が早いかもね」

「がんばって、藤十郎様」

市からの帰り、通りかかったお寺の境内に藤十郎がいた。子供たちに囲まれてなにやらしているようだったので、そっと近寄っていったのだった。

「あ……これは組み紐ですか？」

輪の中心に組み台があり、皆がそれを取り巻いていた。どうやら、子供のひとりが家から組み台を持ってきて、皆に組み紐の作り方を教えているということのようだった。

「ああ、ちょうどいいところに」

せつなの姿を見つけるなり藤十郎は立ちあがった。

「代わってくれないか？　子供たちに組み紐のやり方を習っていたのだが、私には素質がないのか、どうにもうまくいかなくてね」

自分の座っていた場所をせつなに譲って、藤十郎は組み台を取り巻いていた子供たちの輪の方へと加わった。

「はい、どうぞ」

藤十郎に組み紐を教えていたらしい、十歳くらいの女の子がせつなに向けて笑顔を向けてきた。

組み紐とは、その名の通り色とりどりの糸を組み合わせて美しい紐を作ることだ。帯締めなどの、着物の装具として使われている。

「あの、私も初めてでなにも知らないのだけれど。人がやっているところを、少し見たことがありますが」

少々戸惑いながらも、組み台の前に座った。

「大丈夫よ、私が初めから教えるから」

少女の頼もしい言葉に励まされ、せつなは彼女の言うように紐の先についた玉を動かしながら、紐を組んでいった。

「次は緑をここに動かして、その次は赤をこっち」

てきぱきと指示され、だんだんコツが摑めてきた。最初は恐る恐る動いていた手が、なめらかに動くようになってきた。

「ほう、どうやらせつなは素質があるようだね」

藤十郎に褒められて嬉しい気持ちになってしまうが、これは指導役の少女が細かく指示してくれるからで、彼女なしではなにもできないように感じる。

「私はこういう細かい作業は苦手でね」

「それは意外です。藤十郎様はなんでもそつなくできるように思っておりましたのに」

苦笑いを浮かべつつ、せつなの手で組み上がっていく紐を見つめていた。

「藤十郎様は駄目だよ。全然言われた通りにできないんだもん」

まだ五歳くらいの男の子が不満げに言うと藤十郎はその子の背中を優しくたたきながら言う。

「ああ、ごめんね。てきぱきと指示されて、ついつい慌ててしまってね」

「僕にもできたのに！　藤十郎様ができないなんて」

「藤十郎様なら、あっという間に紐ができると思っていたのに」

「あはは、そうだね。駄目だなあ」

子供たちと楽しげに話す藤十郎を見てほっこりとした気持ちになる。第八警邏隊で隊士たちと話す藤十郎とは違う、すっかりくつろいだ雰囲気だ。

「これは……なかなか根気がいる作業なのね」

何十回と手を動かして紐を組んでいくが、出来上がりはわずかである。紐を一本組み上げるのに何百回手を動かさなければならないのだろうと思うと、気が遠くなってしまう。

「そうかしら？　慣れたらもっと早くにできるわよ」

そうして紐を組んでいくこと半刻ほどで、ようやく一本の紐が組み上がった。

「はい、あげるわ」

組み上がった紐を切って組み台から外すと、少女がせつなへと紐を渡してくれた。

「わあ、ありがとう。自分で組み上げたものながら、とても素敵だわ」

赤と緑と白が組み合わさった鮮やかな紐が出来上がった。これは帯締めにするには短いので、なにかの荷物をまとめる時などに使えるかしら、と楽しく考えてしまう。

「じゃあ、次は誰がやる？」

そう言うと子供たちの輪の中から手が挙がり、今度はその子が挑戦するようだった。彼に席を譲ると、先ほどから見ていて手順を覚えていたのか、手早く玉を動かしていった。

「いやあ、助かったよ。子供たちにどうしてもと頼まれて、断り切れずにね」

藤十郎とせつなは子供たちの輪から少し離れた場所に立って話していた。

このお寺の境内は子供たちが集まってよく遊んでいる場所らしく、組み紐を組んでいる子たちの他に、独楽を回していたり、おままごとをしている子たちの姿があった。

誰もが笑顔で楽しそうに遊んでいる平和な光景に、心が安らいでいく。子供時代を座敷牢で過ごしたせつなは友達と遊んだこともなかったので、少々うらやましくも感じる。

「いえ、私もいい気分転換になりました。……と、いけない。そろそろ戻らないと夕飯の準備に間に合いません」

そういえば夕飯の食材を買いに行った帰りであったことを不意に思い出した。そろそろ空の色が青から橙へと変わり始める時刻である。

「そうか。では帰るか」

そう言われただけなのだが、なんだか嬉しくなってしまった。同じ場所へ帰る、それだけで、本当の夫婦になったような気持ちになったからだ。

「せつの料理も、最近は美味しくなってきた。米もしっかり炊けるようになったな」

「まことですか？　それは作る甲斐があります」

「ああ、昨日の大根の汁物はなかなかの味だった。最初はどう褒めていいのか分からないような出来だったが……」

「それは酷いです藤十郎様」

少し拗ねたように言うと、藤十郎はぷっと噴き出した。

「ははは。そう言えるのも、せつが腕を上げたからだよ」

屯所までの道のりを藤十郎と肩を並べながら歩いて行く。そろそろ夕方という時間からなのか、慌ただしく歩いて行く人が多い中で、ふたりはゆっくりと家路をたどっていた。

「そういえば、藤十郎様はあやかしを全て悪いものとは思われないのですよね。以前にあやかしのことを守りたくて隊士を志したと。あやかし討伐をなさっているくらいですから、もっと厳しいお考えであるかと思っておりました」

師匠に弟子入りをしたと話していたときの話だった。その後詳しい話は聞けなかったが、気になっていた。

「私は幼い頃からよくあやかしを視ていたから」

「ええ、お力が強いのでしょうね」

「よく家の庭に遊びに来る狸がいたのだ。それは本当は狢であったのだが……私はそれに気付かずに名前をつけて可愛がっていたのだ。一緒に山に入ったこともあったのだが、私のために果物を取ってきてくれたり、水場に案内してくれたり、本当に可愛い奴だった。ところが突然、山の向こうからやって来た修験僧が、人に仇なす悪いあやかしだから祓わなくてはならないと言いだした。だが、どうしても私にはそんなふうに思えなかった」

藤十郎は視線を遠いところに投げた。

奥沢は田舎町で、きっと藤十郎の遊び相手は多くなかっただろう。しかも藤十郎は庄屋の跡取り息子で、周囲も遠慮していたのではないかと考えられた。その狢は、幼い藤十郎にとってよい遊び相手だったのだろう。

「それで……その狢は討伐されてしまったのでしょうか……？」

はらはらした気持ちでせつなが聞くと、藤十郎は静かに首を横に振った。

「いいや、私がこっそり逃がした。親にも、その修験僧にもこっぴどく叱られた。逃がした狢が他で悪さをしたらどうするのだ、と。だが、私にはとてもそんなふうには思えない。

今も人目を避けて、こっそり山の中で暮らしている気がする。とても人懐っこい狢だったから、悪い人間に捕まっていなければと思うが」

その瞳は穏やかで、心から狢の幸せを願っているような気がした。

せつなはその優しさにすっかり惹かれていた。そうしてそんな人と肩を並べて歩いていることを急に恥ずかしく思った。

「もっ、もうすっかり秋ですね。ほら、楓の紅葉がとても鮮やかで」

恥ずかしさを隠すように、通りかかった家の庭にあった、燃えるような色の楓の葉を指差した。京の町には、つい足を止めて見とれてしまうような庭が多い。

「そちらの庭先の木は、桃の木でしょうか？」

屯所まであともう少しという角にある庭から飛び出していた枝を指さす。見事な枝振りで、ここに花が咲いたらさぞかし美しいのではないかと想像する。

「ああ、春になると桃色の花をつけてとてもきれいだよ」

そう言って腕を組みつつ、今は枝だけになっている桃の木を見上げた。

「そうなのですか、とても楽しみです」

そう笑顔で答えつつ、自分は春までここにいることはないだろうから、見ることはないだろうと考えてしまい、今まではしゃいでいた心が沈む。

（桃の花……いつか藤十郎様と見られたらいいのに）

そんな気持ちを表に出さないように顔に笑みを貼り付け、いつもよりも短すぎる屯所までの道のりを歩いていった。

屯所に戻るとせつなはすぐさま台所に向かい、市で買ってきた野菜などを作業台へとおいていった。

そして桶を持って井戸へと向かい、水を汲みながら考えていた。

（そう言えば、藤十郎様は細かい作業が不得意、とおっしゃっていたけれど、組み紐が細かい作業なのかしら？　言われたとおり、紐がついた玉を動かしていくだけで組み上がるのに……？）

そう思いつくと不思議だった。

まさかあの藤十郎が、子供相手だからといい加減にやったということはないだろう。

そして先ほど藤十郎が言っていた桃の木は、本当に桃色の花を咲かせるのか。そんなことが気になってきた。

気になり始めると止まらなくなり、せつなは汲んだ水を井戸のそばに置いて、屯所を出た。

「あの……実は藤十郎様に伺いたいことがあります」

翌日、屯所にふたりの他に誰もいないことを確かめてからせつなは藤十郎の部屋を訪れた。藤十郎はちょうど文を書き終えたところだったようで、筆を文箱(ふばこ)に戻しつつ、快く応じてくれた。

「実はこちらなのですが」

せつなは藤十郎の向かいに座り、手にしていた露草色と紅色の風呂敷(ふろしき)を畳の上に置いた。

「風呂敷を新調しようと思っているのですが、どうにも迷ってしまっていて。それで藤十郎様にご意見をいただこうと思いまして」

「ほう」

「こちらの紅色の風呂敷にしようかと思っているのですが、いかがですか？」

「…………」

藤十郎はせつなの手許(てもと)を見て、一瞬顔を強(こわ)ばらせたような気がしていた。

これは、実はせつなが持った疑いを晴らすために仕掛けたことだった。藤十郎を試すようで躊躇(ためら)いもあったが、それでも確かめたかったのだ。固唾(かたず)を呑(の)んで彼の返事を待った。

藤十郎はややあって、やがて表情をふっと緩めた。

「せつなが手に取っているのは露草色の風呂敷ではないか」

「あ……」

そうなのだ、せつなが手にしているのは露草色の風呂敷なのであった。どうやらせつなが感じていた違和感は勘違いであったらしい、と思っていたところで。

「……いいんだ。そうか、気付いたんだね。せつは隅に置けないな、なかなかに鋭い。今まで、一緒に住む隊士たちにも気付かれなかったのに」

そう言って笑う藤十郎の表情が、せつなには悲しいものに見えた。

「藤十郎様を試すようなことをして申し訳ありませんでした。しかし……やはり見えていないのですね。色が……分からないのですね」

せつながまるで苦しいことを訴えかけるように言うと、藤十郎はゆっくりと頷いた。

「そうなんだ。力を得ようと身の丈に合わない修行をしたせいなのか、色を失ってしまったようでね」

「まさか、そんなことが……」

そうではないかと疑念を持っていたとはいえ、それが事実だと分かった衝撃は大きなものだった。藤十郎になんと言っていいものか迷ってしまう。

「すべてのものが、白と黒と灰色としか認識できない。だから、本当はどちらの風呂敷が露草色なのか紅色なのかはよく分からない。しかし、急にそんなことを言い出したせつを不審に思った。分からないかもしれないが、人は嘘をつくときに呼吸が荒くなり、心臓の鼓動が速まる。それで分かったに過ぎない」

「そうでしたか……」

せつなは手にしていた露草色の風呂敷をぐっと握りしめた。

色が分からないなんて、どんな苦しみだろうかと考えてしまう。せつなは幼い頃からずっと座敷牢にいたから、明るい日の光に照らされた世界の彩りがどんなに素晴らしいかを、他の人よりも身にしみて感じていた。

春の訪れを告げるフキノトウの若草色や、夏の蒼い空と白い入道雲、秋の訪れを告げる妖しいほどのヒガンバナの紅、どこまでも白い雪原の風景。

そんな鮮やかな色が藤十郎の瞳からは失われてしまったのだ。

「それにしても、どうして気付いたのだ？　あの組み紐の出来事のときか？」

「はい……。それから通りかかった桃の花の色も気になりました。藤十郎様は毎年桃色の花を咲かせるとおっしゃっていましたが、その家の方に聞いてみたところ、あの桃は白い花を咲かせるそうです。実は二年ほど前に植え替えたのだと」

そう言いながら、泣きたいような気持ちになり、言葉が詰まってしまった。藤十郎はそんなせつなを気遣うような眼差しを送ってくる。

「なぜ、せつながそんな苦しそうな顔をするんだ？　ああ、もし隊務に影響があって困っているのではと考えているのならば、そんなことはないのだ。そもそもあやかしは夜に現れる場合が多い。それに、目が色を失った分、感覚が研ぎ澄まされたという点もあるのだ。人の気配や、感情すらも読み取れることがある」

「そういうことではありません……」

藤十郎は平気そうな顔をしているが、生まれ持ったものが失われたのだ。その痛みはいかほどだったかと考えると胸が潰れそうだったが、口には出せなかった。そんなことを言っても、きっと彼の傷を深くしてしまうだけだろうと思ったから。

藤十郎はそんなせつなを見守るようにいてくれた。自分の方が辛いはずなのに、そんなことはひと言も口にはしない。

「あの、先ほど隊士のどなたにも気付かれていないとおっしゃっていましたが」

「そうだね。隊長である私が色を認識できないと知れば、不安に思う者もいるかもしれない。それに、隊務に支障はないから、そんな心配に思ってもらうようなことではないのだ」

「そういうことではありません！」

せつなは思わず畳をどん、と叩いてしまった。

「隊士様たちにはお話しするべきです。隊務に影響はないかもしれませんが、それでも生活する上でご不便はあるでしょう？」

「いや……本当にそんなことはないのだが……」

「前々から思っていましたが、藤十郎様は隊長だからと気を張りすぎでは？　少しくらいの弱みを見せてもよろしいのではありませんか」

「そうです！　確かに藤十郎様はご立派な方です。非の打ち所がない方だとご実家の方もおっしゃっていますし、第八警邏隊の方々も、京に住まう藤十郎様をご存じの方はみんなそう思っているでしょう。しかし、その期待に応えようと無理をしているのではないかと思うことが時にあります」

必死に訴えかけるが、藤十郎は苦い顔で、なんとも手応えがない。自分の言葉など彼には届かないのだろうか。

「周囲で藤十郎様を支えている方たちのためにも、お話しした方がよろしいかと」

なにかを隠されていると、自分はその人の信頼を受けていないのかと感じてしまうことがある。せつなはそのことも心配してそう進言したのだが。

「ああ、そうだね。考えておくよ」

そうは言ってくれたが、藤十郎がせつなの言葉になど動くとは思えなかった。きっとこれからも自分の苦しみを誰にも言わずに、なんでもないという顔をして隊を率いていくのだろう。

それは立派なことだとは思うが、その分抱えているものが大きくなり、いつか潰されてしまうのではないか、と考えてしまうのだ。

（私が藤十郎様の妻であると伝えることができたならば、本当の意味で妻として認めても

らえたならば、私の言葉も受け入れてもらえたのだろうか）

ついそんなことを考えてしまい、気持ちが沈んでしまった。

第四章　藤十郎の妻

色がない世界というのはどんなものだろう。

それをせつなは他の人よりも理解できるような気がした。暗くじめじめとした座敷牢に閉じ込められていたときには、天井に開いた穴から差し込む僅かな太陽の光と、行灯の小さな光が頼りで、色の識別があまりできなかった。それが、日の光が溢れる世界へと出て、さまざまなものが自分の想像よりもずっと色鮮やかであることに深く心を動かされた。

だから、色のない世界に住まうようになった藤十郎がどんな心地なのか人よりも理解できるような気がするし、本当に困ったことはないのかと疑ってしまうのだ。

（強がっているだけ……のような気がしてしまうわ）

しかしそのために自分になにができるか、とずっと考えるがなにも思い浮かばない。自分にはもちろん目を治すようなことはできないし、藤十郎の妻と認められていない身としては支えになれるようなことはなにもできない気がしてしまう。

（でも、なにか少しでもできれば）

そして、とあることを思いつくと……居ても立っても居られなくなって、せつなは屯所を飛び出してとある場所へと向かった。

「……前々から思っていたのですが、藤十郎様は少々食が細くありませんか？」

朝餉の後、屯所に誰もいないことを確かめてから、せつなは藤十郎の部屋を訪れた。

藤十郎は文台に向かっているところだったが、せつなが来たことに気付くと顔を上げて、そしてその言葉に少々困ったような表情になった。

「いや……出されたものは全て食べているつもりだが」

「ですが、他の隊士様たちが『こんな量で足りるか』と不満を漏らしてなにか他にないかと求めてくるときでも、藤十郎様はそれ以上は召し上がりません」

「…………。大人気ない隊士たちで申し訳なかった。当家では出された以上のものを求めるのは卑しいと、そういう教育をされているのでな」

「それは分かりますが、藤十郎様は身体が細い割にはよく食べられたと聞いたことがあります。ときにはおひとりで米を一升平らげたこともあったとか」

「それはまだ子供だったときの話ではないか？　実家ではいつまでも子供扱いで困ったものだ」

「いえ、年齢の問題ではないと思うのです」

せつなは藤十郎へと身体ひとつ分ほどにじり寄り、そして自分の背後にあった皿を藤十郎の前に出した。

「これは……菓子か」

「そうです。先ほど買い求めて来たものです。藤十郎様のご実家では、藤十郎様は甘いものに目がないとも聞きました。ですが、こちらにお世話になるようになってから藤十郎様が菓子などを食べるところを見たことがありません」

「ああ、そういうことか。さすがに察しがいいな」

藤十郎は苦笑いを漏らした。

「確かに、色が認識できなくなってから、食べ物もあまり旨く感じなくなった。せつが言いたいのはそういうことだろう？」

「ええ、そうです。それは甘いもの好きな藤十郎様にとってはとてもお辛いことではないですか？　京にはこんなに彩り豊かで細工が凝った菓子があるというのに」

京の菓子は思わず見惚れてしまうほど素晴らしいものが多く、本当にこれが食べるものなのか、観賞するものではないのかと思われるものもあった。

「では、藤十郎様目を閉じてください」

「ん……どういうことだ？」

「いいから、言うとおりにしてください」

せつなの勢いに押されてなのか、藤十郎は不審そうな表情ながらも言われた通りに目を閉じた。

「では、こちらの菓子ですが、茉津屋特製の練り菓子です。楓の形と柿の形をした、季節の生菓子になります」

「なるほど。甘い香りがするな」

「楓の形の菓子は、橙と黄色の彩りが美しい菓子です。上部は沈みかけの太陽のような橙をしていて、下部はイチョウの黄色となっていまして、途中でそれが混じり合って、食べてしまうのがもったいないくらいの麗しさです」

「まるで茉津屋の回し者のようだな。でも、それはきっと美しい菓子なのだろうね」

「では、こちらからお召し上がりください」

せつなは藤十郎に楓の菓子が載った皿を渡した。藤十郎は目を瞑ったままでも器用に竹の菓子楊枝で菓子をひと口大に割って口に運んだ。

「どうですか？　いつもよりも美味しく感じましたか？」

せつなが恐る恐る聞くと、藤十郎は小さく頷いた。

「ああ、そうだった。こんな味であった。そういえば久しく菓子など食べていなかったことを思い出した。そうか、菓子は私の好物だったな」

しみじみと紡がれた言葉は、自分の記憶から抜け落ちていたことをようやく思い出したというような響きがあった。せつなの試みが上手くいったということだろうか。

「では、次はこちらの柿の形の菓子です。はっとするような柿色に、若草色の葉が美しい菓子です。柿の部分がつやつやと輝いていて、まるで宝石のようです。ああっ、こちらも食べてしまうのがもったいないくらいですが……どうぞお召し上がりください」

そしてせつながおずおずと柿の練り菓子が載った皿を差し出すと、藤十郎は引き続き目を瞑ったままでそれを受け取り、一口大に切って口に運ぶ。

「ああ……これは中に求肥が入っているね。もちもちとしていてとても美味しい」

「ああっ、そうだったのですか？　それはとても美味しそうです……。自分の分も買ってくればよかったです」

せつなが本気で悔しがると、藤十郎はふっと笑みを漏らし、そして目を開き、眩しいものを見るような目つきでせつなを見た。

「今度は自分の分も買ってくればいい。そうだな、たびたびこうして菓子を買って持って来てくれると嬉しいな」

「ま、まことですか？」

藤十郎はゆっくりと頷いた。

「そうだな、こんなに食べ物が美味しいと感じたのは本当に久しぶりだな。もしかして、私は自分からそう感じないようにしていたような気さえする」

そうして藤十郎の瞳は遠くの方へと向かったような気がした。なにを思っているのか、せつなには考えが及ばなかったがきっと今まで積もり積もった思いがあるのだろう。

ふたりの間に穏やかな空気が流れる。

厳しい任務がある中で、せめて少しの間でもこうしてゆったりとできる時間を取ってもらえたらいい、とせつなは考えていた。

「確かに京に来たばかりのときには、その美しい菓子に驚いて、よく買い求めてその味を堪能していた。まるで懐かしい昔に戻ったようだ」

藤十郎はすっと目を細めた。そんな気持ちになってもらえたならば、せつなとしても嬉しい。

「ありがとう、せつ」

「はい」

そのありがとう、は、せつなが今までもらったどんな言葉よりも嬉しく響いた。

思いがけない出来事というのは、本当に不意にやって来るものだった。
「せつ、なんでも奥沢から使いが来ているようだ。藤十郎様が呼んでいる」
せつなが市から帰り、買ってきた食材を籠から取り出しているときに、細川からそう声を掛けられた。

「……え、奥沢から……？」

とてもとても、嫌な予感がした。

「ああ、柘植（つげ）、と名乗っていた。藤十郎様の実家で長く仕えている方とのことだから、せつも知っているだろう？」

（つ、柘植様が……）

もちろんせつながよく知っている人だ。

柘植は藤崎（ふじさき）家の大番頭で、藤崎家の使用人たちを管理する立場の人だ。

とても厳しい人で、使用人を叱咤（しった）している姿を何度も見かけた。藤十郎の妻という立場のせつなには、そんなきつい態度をとったことはないが、名ばかりの妻が、という視線を毎日痛いほどに感じていた。藤十郎とせつなの離縁を大奥様に進言し、ただ飯ぐらいと言ったのは彼である。

柘植に会えば、もちろんせつなが藤十郎の妻のお付きなどではなく、妻本人であることが露見してしまう。

「……あの、こちらを片付けてからすぐに行くと伝えていただけますか？」

「いや、そのくらい俺が片付ける。呼ばれているのだ、すぐに行ったらどうだ？」

細川は気楽に仕事を代わると言ってくれるが、そうはいかない。

「い、いいえっ！　仕事を中途半端にするのはよくありません。きちんと片付けてから参ります」

「……そうか？　いいけれど、早くしたほうがいいと思うぞ」

細川はそれだけ言って立ち去り、せつはそれを確かめると、そっと勝手口から建物の外に出た。

柘植がせつなのことを見たら、なにを言い出すか分かったものではない。

とにかく、今は彼と顔を合わせたくない。なんとか彼が奥沢に帰るまで待つか……それかいっそのことこのまま藤十郎の元からは離れた方がいいかもしれない。

そんなことを考えつつ、周囲の様子を注意深く確かめながら庭を突っ切った。

行く当てはないが、とにかくここからは離れなくては。それだけを考えながら、裏門から外へ出ようとしたとき。

「……どこへ行く？」

背後から殺気に満ちた声が聞こえてきた。

振り返ってはいけない、と思いつつも振り返ってしまう。怖いもの見たさというものだろうか。

「さ、佐々木様……」

そこには腕を組み、仁王立ちになった佐々木の姿があった。恐ろしい顔をして、せつなを見下ろしている。

「ど、どこにと言われましても」

せつなはついつい瞳を逸らしてしまう。

「藤十郎様が呼んでいる。聞いていないのか？」

「あっ……ああ、そうでしたか。ですが、市に買い忘れがありまして。急がないと市が閉まってしまう……ので」

そうして裏門の扉に手を掛けたとき。

「買い忘れなど後でいい」

そう言いつつ、佐々木の大きな手がせつなの襟首を後ろから摑んだ。先だってのあやかしとの戦いで負傷しているはずなのに、物凄い力だ。

「藤十郎様が呼んでいるのだ。なにを置いても駆けつける以外の選択肢などない」

「左様でございましたか……すみません、田舎育ちなもので常識知らずで」

呑気に笑って誤魔化そうとするが、佐々木は襟首を摑んだ手を放さない。

「いいから、さっさと来い」

「あっ……すみません。実は恥ずかしくて言い出せなかったのですが、先ほどから腹具合が悪くて……」

なんとか佐々木の手から逃れようとするが、佐々木は手を緩めるどころか、せつなの後ろ手をギュッと掴み上げた。

「……そうか、どうあっても逃げようとするのだな」

「に、逃げるなんてとんでもない。い、痛いですよ佐々木様。放してください」

「俺から逃げようなんて、いい度胸だ」

いいえ、逃げたいのはあなたからではなく柘植様からなのですが、とはもちろん言うことはできず、せつなは佐々木にそのまま連れて行かれてしまった。


「……藤十郎様、せつなを連れて参りました」

佐々木は藤十郎の部屋の前で正座をし、頭を垂れた。

部屋には藤十郎と、それから壮年の男性……柘植の姿があった。柘植は旅装束姿で、横に笠を置いていた。京に着いてすぐに藤十郎に挨拶に来たと、そんな様子だった。

せつなは佐々木の隣で項垂れながら座っていた。そしてちらりと柘植を見ると、思った通り、驚愕に満ちた表情でせつなを見つめていた。

「いやはや、これは一体どういうことですかな？」

柘植が声を上げると、佐々木は眉根に皺を寄せる。

「どういうこと、とおっしゃいますと？　この女は、藤崎家の使用人でしょう？　しばらくこちらで働いてもらっていましたが」

「使用人ですって？　とんでもない！」

「……では、この女が藤十郎様の奥方のお付きであるというのはまったく偽りということですか？」

佐々木は射殺さんばかりの瞳でせつなを見つめた。

「……佐々木、せつは私の妻なのだよ」

「は？」

藤十郎の言葉に佐々木だけでなくせつなまで驚きの声を上げてしまった。

「せつ、と名前を偽っていたが、本当はせつなという名前で、私の妻だ。隠していて悪かった。どうにも、せつが自分の身の上を隠しているようなので」

藤十郎に驚愕の表情を向けていた佐々木の目が、今度はせつなへと注がれた。せつなはそれに対して、ゆるゆると笑みを浮かべるばかりだ。

「そうです、せつな様は藤十郎様の奥方です。急に姿を消して……私はそのことを藤十郎様にご報告するためにこちらへ。まさか、藤十郎様の元にいらっしゃるとは」

その言葉に、はっと我に返った様子の佐々木は、彼らしくない慌てた様子でどこかへ行ってしまった……と思ったら、この屯所にある一番ふかふかの座布団を持ってきて藤十郎の隣に置いて、そこにせつなを座らせた。

「……知らぬこととはいえ、今までのご無礼、平にご容赦を」

そしてせつなの前で平伏して、畳に額を擦り付けた。

そのあまりの態度の違いに驚きながら、やっとのことで言葉を紡ぐ。

「あの……妻と言っても名ばかりの妻ですので」

隣に居る藤十郎の顔色を窺いながら遠慮がちに言うが。

「いえ、名ばかりとはいえ藤十郎様の奥方であることには間違いありません。それを今までの数々の所業……」

「所業、というほどのものでは」

「その通りだ、佐々木」

藤十郎がせつなの言葉に同意とばかりに言う。

「せつを我が妻と知りながら、そして佐々木の態度がせつに対して少々厳しいなと思いながらも止めなかったのは私だ。咎は私の方にある。許してくれ」

藤十郎は頭を垂れると、佐々木は恐縮した様子で頭を下げた。

「いえ、藤十郎様。藤十郎様が頭を下げるようなことでは……」

「悪いが佐々木、これから我が家の問題についてあれこれ話さなくてはならない。席を外してくれないか？」

「……は。なるほど。承知しました」

そして佐々木は素早く立ち上がって部屋から出て行ってしまった。

せつなは隣に藤十郎を、目前に柘植を置いて、居心地が悪くて仕方がなく、いっそ佐々木と一緒に出て行きたかったのになと考えてしまっていた。

水を打ったように静まりかえった室内。

襖(ふすま)を開け放てば、藤十郎の部屋からは庭を望むことができて、そこにある池の水音や虫の音などが聞こえてくるが、今はその音も小さく感じる。まるで別の世界の音色のようだ。

「……とにかく、ご無事でなによりです」

柘植はせつなに向かって深々と頭を下げた。

藤十郎の手前だからか、実家の奥沢ではせつなにこんな態度をとったことはなかったので驚く。

「いえ……。それよりなにも告げずに出てきて申し訳ありませんでした。一応、置き手紙はしてきたのですが」

「しばらく出掛けてくる、じきに戻るから心配はしないでください、と書かれましても無理なものです」

柘植は苦笑いを漏らす。

「ちょうど、ふたつ隣の山の池から若い女性の遺体が上がりましてね。まさか思い余って、と大騒ぎでした」

「そ、そのようなことが？」

「藤崎家一同気が気ではありませんでした。結局、別の女性だと分かって胸を撫で下ろしたわけですが。それでもせつな様はいずこへ行かれたか分からない、萩原の実家にも戻っていない、こちらへ戻る様子もない。心配するなという方が無理というものです」

「私の実家にまで連絡を？　そ、それは大変なことを……。申し訳ありませんでした」

せつなは手をついて、深々と頭を下げた。

「しかし、まさかこちらにおいでとは。大奥様が、もしかして藤十郎様を迎えに行ったのかもしれないとおっしゃりましたが、まさか若い女性がひとりで京に行くなんてとんでもないと大旦那様をはじめ、誰も取り合わなかったのです。念のため、藤十郎様へのご報告も兼ねてとこちらに参ったのですが」

「なんとお詫びしたらよいか。本当に申し訳ありません」

せつなは恐縮するばかりだった。

まさか自分がいなくなったことで、そんなに大騒ぎになっているとは予想していなかった。藤崎家ではずっと、自分がいるのかいないのか分からない不安を感じていて、ふっといなくなっても誰も気にしないのではないかとまで考えていた。

だからいなくなっても気付かれない……と、よくよく考えればそんなことはないのであるが、勝手にそう思ってしまっていた。

「いや、詫びるのは私の方だ」

藤十郎がふとそんなことを言い出した。

「せつながこちらに来たとき、身分を偽っているという事情があるとはいえ、奥沢に文を出しておくべきだった」

「いえ、藤十郎様が謝るようなことでは……」

柘植はすっかり恐縮している。

どうやら柘植は藤十郎には弱いようだ。彼は藤十郎こそ次期当主であるべきだと強固に主張していて、なぜ京からお戻りにならないのかと嘆いていたことから考えると、そこに違和感はなかった。

「とにかく、せつなは無事にこちらにいる。奥沢に帰るようにとは勧めたのだが、どうやらこちらの暮らしが気に入ったようなので、しばらくこちらに留めておいたのだ」

きっとせつなを思いやってだろう、そんな架空の事情を話してくれた。

「左様でございましたか。とにかく、せつな様がご無事でなによりです。これで当主様にもよい知らせを届けられます」

そうしてせつなを見る柘植の眼差しは、やはり今までとは違うような気がする。

(今までは名ばかりの妻だったけれど、もしかして藤十郎様に認められたと分かったから……?)

いいや、認められたわけではない。認識された、と言った方がいいかもしれない。

「……長旅で疲れているところを悪かったな。今日はとりあえず宿に戻って休むがいい」

「はい。そうさせていただきます」

柘植は畳に手をついて頭を下げると、立ち上がって部屋から出て行こうとする。

せつなはそれに続いて立ち上がり、彼を玄関まで送ろうとしたのだが。

「いえ、若奥様に送っていただく必要はありません。こちらにいらしてください」

「いえ……でも……」

急な若奥様扱いに戸惑ってしまう。

それにせつなはここでは下働きの身分で、客人を見送るのは当然の仕事であり、と考えてしまう。いや、しかし妻だと分かった今ではそれも反故であろうか。

「とにかく、ご無事でなによりでした」

柘植はせつなへと向き返って言う。

「特に大奥様はせつな様のことに心を砕いておいででした。こちらにしばらく留まるにしても、文など書いてはいかがでしょうか」

「そうですね。そのようにいたします」

「それでは。また明日参ります」

そうして柘植は辞去した。

部屋に藤十郎とふたりきりで残されたせつなは、少々の気まずさを感じつつ思い切って藤十郎に尋ねる。

「あの……いつから私がご自分の妻だと分かっていたのですか？」

「さあ、いつからだったか……」

藤十郎は腕を組み、視線を漂わせた。

「最初はまるで分からなかった。妻を持ったことは知っていたのだが、せつのような女性だとはまるで想像していなかったからだ」

「ええ……そうでしょうね」

まさか、食べすぎで座り込んでいるところを保護された者が、由緒正しき華族の娘だとは思うまい。

「故郷に居るという顔も知らない妻は、もの静かで、自分の言いたいことも言えないようなか弱い女性だと思っていたんだ。よもやひとりで京にやって来るようなことはできない、そんなことは考えもしない女性であると」

「華族の娘、としか私のことをご存じないのでしたらそうでしょうね。ですが、それなのになぜ気付いたんですか？」

「そうだな。今はずいぶんましになったが、最初、洗濯や掃除や炊事など、目を覆いたいような惨状だった」

「……申し訳ありません。そんな有様で雇っていただこうといたしまして」

「ただ、仕事に慣れるとてもよい働きをするようになった。ただ誰にも家事を教わったことがなかっただけでは、と思った。そしてなにより、シロとのことがあったからだ」

「シロの……」

「シロとのことを話しているうちにせつは小間使いなどではなく、もっと身分が高い者ではないかと思うようになった。シロと散歩に行くようなことを言っていただろう？　屋敷に勤める小間使いにそのような暇があるか不思議だった。それに、お主の会話からは主人である奥方様のことがまるで出てこなかった」

そう指摘されたら確かにそうであった。奥方様と散歩に出るときにシロも一緒に付いてきて、とのように話せたらそれらしく聞こえたかもしれないが。

「それから……決定的だったのは文だな」

そう言いながら藤十郎は引き出しを開けて、文の束を取り出した。

それはせつなが藤十郎に送り続けていた文だった。

心を込めて、藤十郎様が読んでくださるように、奥沢を懐かしく思ってくれますように、私に会いに帰ってきてくださいますようにと願いを込めて書いた文だった。結局、一通も返事はもらえなかったけれど。

「すまない、この文はほとんど読んでいなかったのだ」

「左様でございましたか。ですが、そのような気はしておりました」

捨てられていないだけましだと、後ろ向きな気持ちでそう考えた。実家の妻はいないように扱おうと心に決めていた藤十郎が、それでも気にして残してくれたのだろう。

「だが、せつが、せつなかと思ったときに全て読んだ。それで確信した。せつが、私の妻であるせつなである、と。こんな心がこもった文をもらったのは初めてだ。……実は、今までは怖くて文を読めなかったのだ。最初に来た二通を読んで、奥沢に帰りたくなってしまったので。それからは自分の心を封じるようにこの文も封じてしまった」

その言葉で、報われたと思ってしまった。

奥沢で藤十郎を二年待ちながら書き続けた文であった。返事がもらえなくても、めげずに書き続けていた文である。

「今までこんなにも求めてくれていたのに、なにも返せなくて申し訳なかった」

「いえ……いいのです。私が求められてもいないのに勝手にしたことですから」

せつなは慌てて顔の前で手を振った。

「……最初から気付いてやれなくて申し訳なかった。思えば、酷いことをしてしまったものだ。なかなか戻らない夫を気にして、わざわざ京まで来てくれたというのに」

「いえ、それは私の勝手な思いなので」

「咲宮家の大切な箱入り娘に、むさ苦しい男ばかりの我が隊の下働きなどさせたことも申し訳ない限りだ」

「箱入り娘……そんな大そうなものではありませんけれど」

そうか、だから藤十郎は下働きではなく自分の従者にしようと言い出したのだろう。

そして満足な働きができないと神社で落ち込んでいたとき、わざわざ捜しに来てくれたのは、せつなが華族の娘だと、自分の妻だと知ってのことだったのだ。

「とにかく……今日は疲れただろう。もう部屋に戻って休むがいい」

「はい……いえ、そういえば市から買って来たものを片付けている途中でした。ああっ、そろそろご飯も炊かないと夕食までに間に合いません！　では！」

慌ててそう言って立ち上がり、台所へと向かった。そろそろ米も炊かないと夕食に間に合わない時間である。今日は確かご近所さんから差し入れていただいた魚の煮つけがあるから、それを出して、それからなにか野菜は……と考えつつ、屯所の廊下を小走りで、取り出した襷（たすき）で着物の袂（たもと）をまとめつつ駆けつけると……そこには想像していなかった光景が広がっていた。

「え……？　ええ？」

台所への角を曲がったところで立ち止まり、驚愕（きょうがく）の声を上げてしまう。

なんとそこには隊士たちが炊事場に立ち、夕食の準備をしている姿があった。

そして、陣頭指揮をしているのが……。

「いいか？　藤十郎様の奥方様がお見えなのだぞ！　心づくしの料理でお迎えしなければ

ならない！」

自ら包丁を握っている佐々木である。

彼はまだ怪我が完全に癒えておらず、包帯を巻いているのに、そんなものまるで構わない様子だ。長い髪を後ろでまとめ、着物を襷掛けにして、まるでどこかの料亭の料理長といった様子である。

「ええっと……佐々木様？」

戸惑って声を掛けると、佐々木の鋭い目がこちらを向いた。ひいっ、ごめんなさいと反射的に謝りそうになっているせつなの元に、佐々木が包丁を手にしたままでやって来た。

「せつな様！　どうかなされましたか？」

「せつな様……、はい？」

「せつな様はどうかあちらでお休みください。夕食のことを気になされているならば、どうか私にお任せください」

「私……はい？」

さあさあと追い払われて、これ以上台所に近づくのは難しくなってしまった。

一体これはどういうことだろう、と眉根に皺を寄せて廊下を歩いていると。

「下働きが辞めて、せつなが来るまでは佐々木が気が向いたときだけ調理をしてくれていた。佐々木の実家は料亭でな」

急に飛び出していったせつなを気にして追いかけてきたのか、いつの間にか藤十郎がそこに立っていた。

「え……そうだったんですか？　意外です……」

「だから夕食のことは佐々木たちに任せておけばいい。……今日はいろいろあって疲れているだろう。部屋に戻って休んでいればいい」

「はい、そうします」

素直にそう答えて部屋に戻り、夕食までの時間を過ごした。

佐々木が指示して作った夕食は、まるで料亭で出される料理のようにどれも美味しいものだった。

「とても悔しいけれど、どれもとても美味しいです」

せつなは次々と料理を平らげていった。

ご飯はふっくらとしていてちょうどいい炊き具合だったし、筑前煮は里芋もニンジンもやわらかすぎず硬すぎず、ほどよい煮具合であった。佃煮はよく味が染みているが、今作ったものだろうか。醤油と砂糖の加減が絶妙である。青菜の漬物はあっさりとした塩加減で素材の味を生かしたものだ。煮魚はお裾分けだったので置いておくことにして、あんな短時間でこんな料理ができるなんて、と……驚嘆してしまう。

これならば、せつなの作った食事が残念すぎて隊士たちから不満が出るのも頷ける。

「ごちそうさまでした」

せつなは両手を合わせて一礼してから、箸を置いた。

「まさか佐々木様にこんな才能があったなんて」

「ええ、お褒めに与りまして……」

そう言いつつ頭を下げる佐々木は、なんだかかしこまりすぎていて気味が悪い。

ここは屯所にある客間だった。

今までせつなは隊士たちと食事はとらず、台所の隅でささっと済ませていた。今夜もそのひとりの食事であったが、場所が違う。台所の隅ではなく、大切なお客様用の部屋で、ふかふかの座布団に座って、である。なんとも居心地が悪い。

もう藤十郎と夫婦だと分かってしまったので、本来ならば藤十郎と食事をするべきだったかもしれないが、生憎藤十郎は政府の高官と会食があると言って夕食前に出かけてしまっていたのだ。

「では、美味しい食事を作っていただけたので、片付けは私が」

そう言ってお膳を持って立ち上がろうとしたが、そのお膳を佐々木が奪い取る。

「いいえ、とんでもありません。せつな様はこちらでゆっくりされていてください」

「……やはり、そうですよね」

「それから……ですね」

佐々木は持っていたお膳を一旦廊下に出してから、せつなの前で平伏した。

「改めまして、今までのご無礼をお許しください」

「いえ、知らなかったのだから仕方がありません。藤十郎様もそうおっしゃっていました」

「いえ、知る知らないという問題ではありません。無礼をしたことに変わりはありません」

そうして頭を下げ続ける。

（……佐々木様らしくない）

今思えば、頑なにせつなを拒絶し続ける佐々木の方がよかった。その方が彼らしいと感じてしまった。

せつなはこほん、とひとつ咳払いをした。

「急に藤十郎様の奥方扱いされて、そんなかしこまった態度をとられても困ります。それに忘れておられるようですが、別に私は藤十郎様に選ばれて妻になったわけではなく、藤十郎様の家が勝手に決めた妻なのです」

「……まあ、確かに」

今までのかしこまった態度に、やはり彼なりに違和感を覚えていたのか急に普段どおりの態度になった。

「知らされなければお前が藤十郎様の妻だなんて、未来永劫気付くことはなかっただろうからな」

佐々木の口調が戻ったことに安堵し、そうですよ、とせつなは笑う。

「どうして自分のお付きだと嘘を？」

「それは……藤十郎様が私が想像していたよりもずっと素晴らしい人で。そんな方の妻が、お付きのひとりもつけずに故郷から乗り込んで来たなんて恥ずかしい話でしょう？　だからです」

「腹がいっぱいで動けなくなり、道端で座り込んでいたのが不甲斐なかったからでは？」

「…………。まあ、そちらの理由の方が大きいのですが」

せつなが恐縮してそう言うと、今度は佐々木がぷっと噴き出した。

「本当に冗談みたいな話だからな。お前が藤十郎様の妻などと。余程いいところのお嬢様なのだろうが、とてもそうは見えない」

「……そうですね。母を早くに亡くしているため、不躾なのは自覚しております。そういうわけですので、私を特別扱いする必要はありません。……では、私は今までどおり夕食の後片付けをします」

せつなは立ち上がり、佐々木が廊下に下げたお膳を持とうとしたのだが。

「いや、そういわけにはいかない」

せつなの手からお膳を奪ってしまった。

「どうしてですか？」

「名前だけでも、藤十郎様が認めていないにしても、お前は藤崎家の嫁なのだ。下働きのようなことをさせるわけにはいかない。それから、今日からこちらの客間を使うようにしてください」

「こちらは大切なお客さんのためのお部屋です。他のお客さんが来たらどうするのですか？」

「そのときはそのときで、欅（けやき）亭にでもお泊まりいただければいいだけだ。それでは」

佐々木は律儀にも一礼して、お膳を持って行ってしまった。

（なんだか……つまらないことになってしまったわ）

　せつなは深々とため息を吐き出した。

客間に居ることになったということは、せつなはお客様になってしまったということだ。その客人がいつまでもここに居るのはよくないと考えてしまう。

柘植にも知られてしまったし、もう奥沢に帰るのがいいのかもしれない、と考えると自分の周りをぴったりと石の壁で囲まれてしまったような、息苦しい気持ちになってしまった。

◇◇◇

もしかして柘植と一緒に奥沢に帰れと言われてしまうかも、と危惧(きぐ)していたが、そのようにはならなかった。

柘植はできればせつなを連れて帰りたいようだったが、急に藤崎家を飛び出して京へとやって来たのだ。なにか理由があるのだろうと察して無理に奥沢に連れ戻すのも酷だと考えたのか、しばらくは京に留(とど)まることを許してくれた。

「本来ならばせつな様がお帰りになる気になるまで待つべきかと存じますが、取り急ぎ奥沢に戻り、大奥様たちにせつな様のご無事を知らせねばなりません」

出立のとき、柘植は玄関先で藤十郎にそう挨拶(あいさつ)していた。

せつなはその横に居た。

故郷の使用人を見送る。まるで妻のようなことであったが、せつなは気が気ではなかった。もちろん、柘植が故郷に帰ってせつなのことをどう報告するか、ということである。

藤十郎の手前なのか、柘植は表立ってせつなを咎(とが)めるような言葉を口にしなかったが、きっと呆(あき)れているはずだ。まさかお付きもつけずに京へやって来て藤十郎のところに押しかけているなんて。なんて落ち着きがない、はしたない妻なのだ、と。

藤崎家の大奥様、つまり藤十郎の祖母は『妻は慎み深く、そしてどっしりと構えていなければなりません』という人で、せつなの行動を快く思わないのは予想できる。

義祖母にどう報告するかが一番気になるが、取り繕うことはなにも言わなかった。

（だって二年よ、二年。私は二年もどっしり構えていたんだもの。その結果、なにも起きなかった。我ながらよく我慢したと思うもの。あのままなにも知らずに大人しく待つばかりなんてやはり無理よ）

しかし、藤十郎の祖母ならば、二年なんて生ぬるい、五年でも十年でも待てと言いそうだ。そんな我慢ができない者は藤崎家の嫁として相応しくないと、離縁の理由にさせられてしまいそうである。

しかし、それはそれである。

言われた通り待ち続けて、結局離縁させられてしまうのならば、今回、こうして京までやって来たことに後悔はない。

「それでは、これで失礼つかまつります」

柘植は藤十郎に辞去する旨を伝えて、お付きと一緒に屯所の門へと歩いていった。

藤十郎は玄関までだったが、せつなは門まで送っていった。

「本当にお気をつけて」

そう声を掛けると、柘植は小さく頷き、そして。

「……上手くおやりください」

他の者には聞こえないように、小さな声でそう言って行ってしまった。

はて、上手くやるとはなんのことか、とせつなはまるで分からずにぽかんとしてしまったのだが、柘植はなにか意味ありげに笑って、しかしすぐにいつもの無愛想な表情に戻って歩いていく。

小路に出て、柘植とその従者の背中が見えなくなるまで見送り、屯所に戻った。

「……まさかあんたが藤十郎様の奥方だったとはね。本当に、やってらんないよ」

ある日の昼下がり、いつものように叶枝が差し入れを持ってやって来た。誰かが来た気配にせつなが台所へ顔を出すと、叶枝はあからさまに嫌そうな表情で首を横に振った。

叶枝が式台に腰掛けて茶を飲み、その横に細川が座っていた。どうやら彼が叶枝の対応をしているようだった。

「はい、意外でしたか？」

そう言いながら叶枝の隣に腰掛けると、彼女はこれみよがしにため息を吐き出した。

「あり得ないね。あんた、本当にいいところのお嬢様なのかい？　藤崎の家は地元ではかなりの家柄なんだろう？」

「ええ、私は華族の家柄です。ですが、私の生まれはなにしろ田舎でして。しかも私の家は兄の教育に関しては力を入れていましたが、私は放っておかれることが多かったのです」

放っておかれるどころか、座敷牢に閉じ込められて楽しみはときどき差し入れられる書物を読むことと、食べること……ということは口が裂けても言えないけれど。

「それでも、いずれはどこかいい家柄の家に嫁がせようと思うものだろう？　私はそういう家の生まれではないから分からないけどね、それなりの立ち居振る舞いや教養は身に付けさせるものじゃないのかねぇ？」

「それはそうなのですが。いろいろと事情がありまして」

「どんな事情か知らないが、あんたがそんなふうでは、藤十郎様が実家に近づかなくなったのも頷けるね」

さすがに叶枝である、棘のある言葉を平気で投げかけて来る。

「いや、でも。藤十郎様も途中まではせつが自分の嫁だとは気付いていなかったようなので、せつと藤十郎様が帰郷しなかったことには関係ないのでは？」

細川が異論を挟むと、叶枝はうるさいわね、とばかりに懐から扇を出して、ぱたぱたと扇ぎ始めた。

「それで？　いつまでここに居るつもりなんだい？　もう分かったと思うけれど、藤十郎様を故郷に連れ戻そうなんて無理な話だ。ここは大人しく奥沢に帰って、大人しく藤十郎様の帰りを待ったらいいんじゃないのかね？……そうだね、藤十郎様が六十にでもなったら里心がつくんじゃないかね」

「いえ、さすがにそこまでは待てません。かと言って、今すぐ藤十郎様を故郷に連れ帰ることは無理だとは分かっています」

「なら、どうしてまだずうずうしくここに居るんだい？　隊士さんたちは、藤十郎様の奥方なんて人を屯所に置いて、仕事がやりづらくて迷惑しているさ。ねえ、細川さん」

「やめてくださいよ、そんなこと言っていないじゃないですか」

細川は苦い顔をして否定するが、確かにそのような考えもあるかと思ってしまう。

「そうですね、柘植様が……藤崎家の大番頭が来たときに一緒に帰ればよかったのですが。どうにも突然のことで、帰る決意ができずに」

「俺はせつがずっとこちらに居てもいいと思うけどな」

せつなははっと顔を上げて細川を見て、そして叶枝はすさまじい目つきで細川を睨みつける。

「な、なにを言っているんだい？　そんなこと……」

「いやいや、冷静に考えるとそれが一番いいのではないか？　だって、隊長は第八警邏隊のことがあるから故郷には戻れない、せつは夫の帰りは待ち飽きた。ならば、ふたりでこちらに住めばいいじゃないか」

「なななななっ、そんなこと私が許さないわ！」

叶枝はすっくと立ち上がって、今にも飛び掛かっていきそうな勢いで言うが、

「……いや、夫婦の問題ですから。外からあれこれ言うことではないのでは？」

「夫婦の問題……」

なんて素敵な響き、とせつなは胸に手を当てて、うっとりとしてしまう。

そんなせつなの横で、叶枝はぎりぎりと歯を噛み締めたが、やがてふぅっと息を吐き出した。

「まあ、でも親が勝手に決めた妻なんだろう？　別にあんたに気持ちがあるわけじゃない」

「それは……そうなのですが」

「残念ながらね、藤十郎様の心の中には未だに初音さんが住んでいるんだ。私も付け入る隙がないほどにね」

「初音さん……ですか？」

初めて聞いたその名前に心が震える。しかも、心に住んでいるとは。どんな思いを交わし合った女性なのだろう。

「ああ、そんなことも知らないのかい？　それで藤十郎様の妻だとはお笑い種だね！　藤十郎様を連れ戻そうなんて諦めて、さっさと実家にお帰り」

鼻息荒くそう言い捨てると、叶枝は素早く帰り支度を整えて行ってしまった。

その背中を見送りながら、せつなは言い知れぬ胸騒ぎを感じていた。それをそのままにできなくて、側にいる細川に尋ねる。

「初音さん……というのは？」

「ああ……。だよな、あんな言われ方をしたら気になるよな。まいったな……」

細川は気まずさを誤魔化すように頭をがりがりと掻いてから、小さく息をついた。

「俺から聞いた、とは言わないで欲しいんだが。初音さんは隊長の昔の恋人で、隊務の途中であやかしに殺されたんだ」

「え……」

「それだけではなく、その後もあれこれあってな。だから、隊長は誰とも結婚する気はなかったんだと思う。親が決めたという妻を……つまりせつなを最初拒絶していたのは、初音さんの手前だろう。でも、今の隊長からはせつを無理やりに故郷に帰そうだとか、そんな考えはないように思える。だから、こちらに居てもいいのではないか？」

「そう、なのでしょうか……」

「ああ。それに初音さんのことがあったにしても、隊長もいつまでもひとりというわけにはいかないだろう？」

細川はそう言ってくれるが、藤十郎にそのような事情があったならば、先ほど叶枝が言ったようにずうずうしくいつまでもこちらに居るのはどうかと考えてしまう。

「……そう言ってくださるのは嬉しいのですが、私がこちらで暮らすのは無理だと思います」

「え？　どうしてだ？」

「藤崎家では藤十郎様を当主にさせたがっているのです。そのために京から実家に戻らせようとしています。それで私という嫁を用意したのです。だから、こちらで暮らすなんてそれこそ藤崎家の大奥様も、旦那様もお許しにならないわ」

「え……なんだよそれ？　つまり、せつは隊長を実家に呼び戻すための餌ってことか？」

「餌……という言い方はいささか引っかかりますが、そのようなものです」

それで細川は納得したようだったが、なぜかせつなのことを哀れみに満ちた瞳で見るのが気になる。確かにまるで餌になれていなかったわけだけれど。

「あ、そういえば俺は使いを頼まれていたのだった。夕方までに、と言われていたからそろそろ行くよ」

細川はそれ以上は話したくないのか慌ただしく行ってしまい、残されたせつなはどうにも落ち着かない気持ちとなり、散歩がてら京の町を巡ることにした。

本当はひとりでは出歩かないように、出かけるならば誰か供を付けてと言われているのだが、生憎誰も手が空いていないようなので仕方ない、ということにして屯所を出てきた。

（初音さん……藤十郎様にはそんな方がいらっしゃったのね。藤十郎様にとって特別な方……）

藤十郎はその初音という女性にはどんな表情を向けていたのかと気になる。どんなふうに話していたのだろう、なにを話していたのだろう。初音とはどんな女性で、藤十郎は彼女のどんなところに惹かれたのだろう……。そんなことを考えると堪らなくなってしまった。

直接聞くことはもちろんできないし、隊士の誰かに聞くこともできない。そう思うと、自分の心の中でもやもやと考えることしかできず、落ち着かない気持ちになる。

夕方になり日が陰るとぐっと冷え込むようになってきた。

もう冬の気配である。こちらに来たときには紅葉が美しかった木々が幹と枝のみとなり、寒々しく揺れていた。結婚して一年目は、もうすぐ藤十郎が帰って来るだろう正月が来ると思うと寒さを感じてむしろ心が躍った……と思うと懐かしくも苦々しい思いだ。

行き交う人は誰も忙しそうに足早に通り過ぎていく。

そうして歩いているうちに。

「あら、あなたもしかして」

ふと声を掛けられて振り返ると、見知った女性の姿がそこにはあった。

つい先日、屯所を訪ねてきた女性、沙雪だった。

せつなは思わず身を固くしてしまったが、沙雪はそれを察したのか、深々と頭を下げてきた。

「この前はごめんなさい。まさか入隊を断られるなんて少しも考えていなくて、興奮して思ってもいないことをあれこれと言ってしまったわ」

この間の猛烈な態度からは一転、殊勝げにそう言われたので、せつなの中にあった警戒心は緩んでいった。

「私こそ、すみませんでした。第八警邏隊の人たちの仕事を間近で見ているので、彼らのことを悪く言われたように感じて、黙っていられずに」

「では、お互いに水に流すということで。ねえ、ちょっと話していかない？」

そう言って、沙雪は半ば無理やりにせつなの腕を引っ張って、鴨川の川べりまで連れて来た。

夕陽が川面を橙色に照らし、川のせせらぎが耳に優しい。

「……大変な苦労をして京までやって来たというのに、まさか門前払いをされるとは思ってもいなかったわ」

沙雪は大きくため息を吐き出した。

今まで沙雪を警戒していたのに、それを聞いた途端に沙雪に同情する気持ちが湧いてきてしまった。自分も、かなりの苦労をして京までやって来たのは同じだから。

「第八警邏隊に入りたいと志して、それでわざわざいらしたんですよね？」

「ええ、そうよ。術者の仲間に第八警邏隊のことを聞いて。すごく強い方たちだと聞いたから、それで。私は強い人が好きなの。だから、一緒にあやかし退治ができたらと思っていたのだけれど、当てが外れたわ」

「なにか、お役に立てればいいのですが……」

「いいのよ。私が失敗したのだから。ああまで言われたらもう第八警邏隊に入るのは無理ね。私の計画が……」

沙雪は親指の爪を噛みながら、なにやらぶつぶつと言い続けている。

「そういえば、あなた第八警邏隊の隊長の奥さんだったのね」

「え……」

「噂で聞いたの。故郷から奥さんが迎えに来ているって。あの隊長は、あなたのこと使用人だって言っていたけれど」

「それには、複雑な事情がありまして……」

「そう。まあ、いろいろとあるわよね」

沙雪はそう言いながらせつなの顔をまじまじと見つめた。それからはっと口許を押さえたかと思うと、なんだかとても奇妙な顔をした。

「ちょっと待って。あなた、もしかして……」

そしてせつなの肩を掴み、怖いほどの視線を向けてきた。

その迫力が恐ろしくて、目を逸らそうとするが沙雪の眼力がそれを許さない。まるでその瞳に捕らわれてしまったかのようだ。

「……そう。まさかあなたのような者を妻にしているとは」

そう言って、ため息を吐きだす。

「あの人は気付いているのかしら……？　いえ、きっと気付いていないわね。とびきり弱い気配だし、まさかそれを知っていてこんな者を妻にするなんてあり得ないし」

「あの……なにを言っているのかよく分からないのですが、一体どういうことですか？　私は藤十郎様に相応しくないということでしょうか？」

それは重々承知しているが、と思いつつ聞いてしまう。

「そうね、仮にもあやかしを退治している者が、あなたのような者を妻にするのはこれ以上ないくらい相応しくないことだわ」

「え？」

あやかしを退治しているから、自分を妻にすることは相応しくない。

思ってもいないことを言われ、せつなの頭は混乱した。

自分の容姿だとか立ち居振る舞いが藤十郎の妻として相応しくないかもしれない、と我ながら思うことはあったが、まさかそれ以外の理由を語られるとは。

「あの……それは一体どういうことなのですか？」

あやかしを討伐する者としては相応しくない……そう聞いて思い出したことがあった。

『バケモノの子め！　我が家に仇なす罪の子め！』

せつなが閉じ込められていた座敷牢にやって来た父が、そう怒鳴ったことがあった。

せつなはどうやら母と父の間の子ではなく、母と別の男性の間に生まれた子だということは気付いていた。

では誰との子だろうか。

一度母に尋ねてみたことがあったが、母はただ泣くだけで……『決して人を憎んではいけません。それが、あなたが生きる唯一の道です』としか言わなかった。

父……正確には母の夫が言っていた『バケモノの子』という言葉は、なにも言葉のあやではなく、そのままの意味だったのではないか？

……いや、まさか、そんなことはない。

そんなことはあるはずがない、と思いながら沙雪の言葉を待っていたが、彼女はそんなせつなの思いを知ってか知らずか、ふん、と鼻を鳴らした。

「もしかして、自分でも気付いていないの？　それはそうよね。だったら、知らない方が幸せかもしれないけれど。ねぇ……？」

そして沙雪はふぅっと息を吐いた。

すると、彼女を取り巻いていた恐ろしいほどの気配が霧散した。

「もう、いいわ。ありがとう」

「え……？　まだ私の質問に答えていただいていませんが」

せつなの声は届いていたはずなのに、沙雪はそれをなかったことにするように小さく笑って、そのまま歩いていってしまった。

残されたせつなは心細く沙雪の背中を見つめながら、山から吹き下ろしてきた寒風にさらされて動けずにいた。

そういえばおかしいと思ったことはあった。
せつなは庭に座り込み、じっと池を泳ぐ鯉（こい）を見ていた。
自分を見る父の目が、侮蔑（ぶべつ）と、そして畏（おそ）れに満ちているような気がしていた。
なにをそんなに畏れているのか、と不思議だった。罵（ののし）る言葉を吐きながら、彼の目は確かに畏れの色を映した。

そしてなぜ、座敷牢に閉じ込められていたのか。

不義の子だから。

そう思ってはいたが、それならば秘密裏にどこかへ養女に出すだとか、尼寺に入れるだとか、他の手段があったはずだ。華族の家である。いかようにでもする方法はあったように思う。妻の不義の証拠を、屋敷の地下とはいえ、自分の手の届く場所に置いておくとはどんな気持ちだったのだろう。

父は月に一度はせつなの様子を見に来た。それも腑に落ちないことのひとつだった。その度に酷い言葉を浴びせられたので、いっそ来なければいいのになと何度も思った。

それでも父はやって来た。

それは侮蔑しつつも、畏れながらも、せつなを手許に置いておかなければならない理由があったのではないか。……つまり、せつなが何者なのか露見したならば、咲宮家の恥になるような？

全ては想像でしかない。だが、やはり自分にはなにかあるような気がする。

幼い頃からよくあやかしの姿を視た。

やはりそのことに関係しているような気がする。あやかしならば、人とは違うなにかの性質を持っているのだろう。しかし、今のところあやかしである自覚はなにもない。

たとえば、昼間は人であり、夜間はあやかしになる。

考えられないことではない。自分がそんなふうだったらどうしようという恐れに、せつなの身体は震えた。知らずのうちに人に危害を与えていたかもしれないのだ。

（……ああ、そういえば）

不意にとあることを思い出して、せつなの心は大きく動揺した。

このところ京では、あやかしに人の魂が奪われているのではという出来事が多発している。それは、せつながこちらへやって来てからのことだ。

それは……もしかして無意識に自分がやってしまったことではないのか？

（いいえ！　そんなことはないわっ！）

思いっきり首を横に振るが、一度そう考えると疑いが完全に払拭できなくなる。

自分は人の魂を食うあやかしで、意識がないとき、たとえば寝ているうちに人を襲って魂を喰らっていたなんて可能性もある。

自分で自分のことが分からない。

まるで一寸先も見えない闇の中にいるようだ。一歩でも踏み出せばそこは切り立った崖で、そのまま落ちていってしまうような気がして身動きが取れない。そんな思いに囚われてせつなが大きくため息を吐きだすと、ふと池の水面が揺れた。

池では鯉が優雅に泳いでいる。

白地に赤い模様が入った鯉。こうして小さな池に閉じ込められて可哀想に思ったことがあったが、ここの他に世界があると知らなければ、ここでの暮らしもそう悪くないのではないかと思ってしまう。

「でも、やっぱりひとりだと寂しいわよね……？　誰か相手が居たほうが……」

「春先までは、もう一匹鯉が居たのだが、残念ながら死んでしまってね」

「え？」

声がした方を見ると、そこには藤十郎がしゃがみ込んで池を見つめていた。

驚いて飛びのきそうになっているせつなに、藤十郎は淡い微笑を向けてくる。

「金色の鯉だったようだ。私にはよく分からなかったが」

「そう……ですか。金色の鯉、とはさぞや美しかったでしょうね」

白地に鮮やかな紅のこの鯉もとても美しい。

しかし藤十郎にはその色が分からないのだ。そう思うと苦しい気持ちになってきた。

「確かに一匹では可哀想かもしれないな」

「は、はい……そうですね」

そう言って藤十郎から視線を逸らして池の方へと視線を向けた。

赤い鯉は今度は岩の陰に入って、じっと動かなくなった。

沈黙が続く。

奥沢に居るときには、藤十郎と会ったらあれこれ話したいと思っていたはずなのに、結局なにも聞けていない。今がその機会だとも思うのだが、いざとなったらなんの言葉も出てこなかった。

せつなの方は、なんの会話もなくてもこうして藤十郎と肩を並べているだけでも充分だった。きっと小さな幸せのかたちというものはこういうことなのだろう、と思う。

だが藤十郎はどう思っているか分からない。こんなときに気の利いた話のひとつでもひねり出した方がいいのかもしれない。

自分は藤十郎のことをなにも知らないと思うと落ち込む。

「見知らぬ場所にひとりきりにさせてしまったな」

「え……？」

「我ながら酷いことをしてしまったと思う。どんなに詫(わ)びても済まないだろうが」

「いえ……そんなことはありません、と……言いたいのですが、少し難しいかもしれません」

誰も頼る人がいない場所で、ひとりきりで過ごした日々を思い出すと、今でも寂しかった思いがよみがえる。

座敷牢に閉じ込められて居た頃は、他の生活を知らなかったので寂しさを感じたことはほとんどなかった。座敷牢の外に出ていろいろなことを知っていって、自分がどんなに特殊な状態に置かれていたのかに気付いた。しかしそれはもう過去のことで、これからは普通に暮らしていけると信じていた。平凡な幸せをつかめるものだと思っていた。だが、嫁いだ先では夫がいないという、また特殊な状況におかれてしまった。

摑めると思って手を伸ばしたのに、その手は空を切るばかりで。

そして手に入れることができないままに手放してしまわなければならないと思うと、身体が切り刻まれるような感覚に包まれる。

「でも……仕方がなかったのだと分かりました。それだけでも……」

「私には京で第八警邏隊を率いるという役割があるので、奥沢に帰るわけにはいかない」

「はい……」

「だからせつながここに来ればいい」

「え？」

思いがけない言葉に弾かれたように顔を上げると、そこには優しげに微笑む藤十郎の顔があった。

「家を継がせるために奥沢に呼び戻したいと願う両親や祖母には申し訳ないと思う。だが、それにせつなが巻き込まれる必要はないのだ。どうだ、京で暮らすことを考えてくれないか？」

「そ、それは……」

それは本当の夫婦になれるということなのだろうか。

今まで感じたことがない温かい感情が溢れてきて、身体が喜びに震える。

「は……」

はい、と答えようとしたところで、とある疑念が足を引っ張り、世界が暗転するような感覚に陥る。

(私は、あやかしの血が流れているかもしれない。そんな者を妻にするなんて……)

そう考えた途端に膨らんでいた思いが、ぽんと弾けて霧散していった。

藤十郎はあやかしを討伐することを使命としている者である。

前に、藤十郎はすべてのあやかしを敵だとは思わないと言っていた。あやかしのことがもっと知りたくて隊士になったのだ、と。

しかし、バケモノ……と呼ばれた者を妻にするなんて、それは彼にとって本意ではないだろう。

(一瞬だけ……本当に一瞬だけ藤十郎様の本当の妻になれたような、幸せな気持ちになれた。その気持ちを大切にすれば、これからも生きていけるような気がする……)

せつなは瞳を伏せ、震え出しそうな声をなんとか整えながら、必死に言葉を紡ぐ。

「すぐには決断できません。少し、考えさせていただいてもよろしいでしょうか？」

「もちろんだ。私はせつなを二年も待たせてしまった。それを考えればなんでもない。ゆっくり考えてくれていい」

そう気遣ってくれる気持ちが、今のせつなには苦しい。

摑めたかもしれない……と思った途端にこぼれていってしまう。

幸せとはなんと儚いのか、と胸が締め付けられるように痛んだ。

「藤十郎様、お客様がお見えです」

屯所に戻るなりそう言われ、客間へと行くと見知った顔がそこにあった。

「羽原殿、いつこちらへ？」

懐かしい顔に、思わず頬が緩んでしまう。

羽原は藤十郎の兄弟子で、三年前に京を離れて今は比叡にある寺で更なる修行に励んでいる。真摯に技を極めようと励んでいる、尊敬すべき兄弟子であった。

顎に鬚を蓄え、身体が大きいために熊のようだと言われることもあった。豪快な男で底なしに酒を呑み、酔って畳を剝がし、庭に放り投げたなどということもあった。

「ああ、つい先ほど着いたばかりだ。まずはかわいい弟弟子に挨拶をせねばならぬと思ってな」

藤十郎は羽原の向かいに腰掛け、久しぶりにくつろいだ気持ちであれこれ話していった。

隊のこと、京の現状について。隊長、という立場もあり、こうして気兼ねなく話せる者は実は少ないのだ。

そして話は昔話へと至る。羽原と話していると修行時代の思い出がよみがえる。厳しい修行に耐えた仲間であり、特別な絆(きずな)があるのだ。

「……ところで藤十郎、お前、妻を取ったようだな」

話がひととおり終わったところで、羽原が冷めた茶を飲みながら、不意にそんなことを言い出した。

「ええ、実はそうなのです」

もう、せつなのことを親が勝手に決めた妻で、などとは言わない。側に置いて、今までの時間を埋めるように夫婦として生活していきたいと願っていた。

実家が決めた由緒正しき華族の娘……実はそれだけではないことを藤十郎は知っていたが、自分のことをなにも知らずに嫁いできた者が、自分のこと、自分が負っている使命のことなんて理解してくれないだろうと拒絶していた。だが、それは間違いであることはせつなに会って分かった。

「…………。初音のことを気にして、結婚などしないのかと思っていたが」

「それは……」

つい言葉に詰まってしまうのは、初音が羽原の妹であるからだ。

あやかしに殺され、死後凶悪なあやかしになってしまった初音を斬ったことに後悔はなかった。初音は自分よりも他人のことを大切にするような女性だった。自分が人を傷つける存在になるとは……受け入れ難いことだっただろう。あのまま放っておいたら多くの人たちが傷つけられ、殺されたかもしれない。そんなことを初音にさせたくなかった。

全てが終わった後に羽原に頭を下げたとき、羽原も致し方がないことだったとは言っていたが、それが本心であったのか今でも疑念を抱いていた。

初音を斬ったことに……人に危害を与えるようなあやかしになってしまったということもあり、致し方がなかったことではあったのだが心が痛まないわけがなかった。

初音を救えなかったことを悔い、もう身近な者を失うのはごめんだと無理な修行に挑み、その結果、力は得られたが目の機能のひとつを失ってしまったのだった。

色とりどりに美しく輝く世界が白と黒に沈み……しかしこれは自分が負うべき罪なのだと受け入れた。だが、色がないだけで食べるものも味気なく感じ、季節の移ろいも感じられずに我が身が虚ろに思うこともあった。

自分の世界から失ったものを大きく感じたが、初音のことを考えると甘んじて受け入れるべきことであった。

「いや、いいのだ。むしろ気にしていた。初音のことがあったからとお主が自分の幸せから遠ざかってしまうのではないかと。それは初音も本意ではないだろうし、俺も同様だ。

だから、お主の結婚は祝福したいと思う。だが……」

羽原は一旦言葉を区切り、鋭い目つきを藤十郎に向けてきた。

「相手があの女性だということには反対だ。こちらに来たときに、今から出掛けるところだというお主の妻に挨拶をされたが……。あの者がどういう者なのか、もしかして気付いていないのか？ お主ほどの術者が……」

「さすが羽原殿。そうですか、もう気付かれてしまいましたか。私はしばらく気付けなかったのですが」

第八警邏隊の者たちは気付いていないようだった。……いや、もしかして気付いている者もいるのかもしれないが、せつな自身が、自分の生まれについて知らないようだったので、口にするべきではない、と控えてくれているのかもしれない。

「……実はせつなの兄とは学問所時代の同士でして、その妹については相談を受けたことがあるのです」

「あやかしとの混ざりものである妹を、お前の妻として押し付けたのか？」

「押し付けた、という言い方はいささか乱暴なように思いますが……私がこのような生業をしているので、いざとなったらなんとかしてくれるだろうと期待をしたのかもしれません。私は拒んだのですが、知らぬうちに私の実家と話をつけてしまいまして……いえ、それはいいのです」

藤十郎は姿勢を正し、じっと羽原の瞳を見つめながら言う。

「せつなはあやかしの血を引いていますが、決して人に害を為すような者ではありません」

「……果たしてそうだろうか？」

「羽原殿はせつなのことを知らないから、そう疑われる気持ちは理解できます。ですがあんな心根が澄んで、一生懸命で、人のことを気遣える優しい女性はいません」

「最近、不審な事件が京で相次いでいると聞いた。それは……お主の妻のような、一見してあやかしだとは分からない者の仕業と考えれば、なかなか尻尾を出さないのも頷けるのでは？」

このところ相次いでいる事件とは、人が突然魂を抜かれたように倒れ、その後衰弱して死んでしまうという事件だ。人の魂を喰らって自分の力とするあやかしが起こしている事件では、と考えられたが、今のところまるで手掛かりがない。被害にあった者があやかしと遭遇していた、などという目撃情報もない。町を歩いているときに不意に倒れてしまったただとか、井戸で水を汲んでいるときに倒れてしまっただとか、そんなふうだ。把握できているだけでもここひと月の間にそんな案件が五件も続いている。

「聞けば、お主の妻がこちらに来たのはちょうど事件が起きはじめた頃だというではないか」

「確かにそうですが……しかしまさか。せつなに限ってそのようなことは有り得ません」

「お主が妻を信じたい気持ちは分かるが」

羽原は腕を組み、眉根に皺を寄せた。

「相手はあやかしだ。無意識のうちにやってしまっているという可能性もあるだろう。まるで夢遊病のように」

「それは……否定しきれません。ですが……せつなの実家の周囲でも、我が家の周囲でも、今までそのような事件が起きたとの話は聞いたことはありません」

「京はあやかしが多く巣くう場所だ。そのあやかしたちに影響されて、あやかしの本性が目覚めたという可能性もあるし、悪意あるあやかしたちに利用されているという可能性も否定できない」

「いえ！　そのようなことは決してありません……！　私を信じてください」

藤十郎は切羽詰まった思いで、必死に訴える。まさかせつなに疑いを向けられるとは思ってもいないことだったが、確かに疑われる要因はあるような気がする。だが、藤十郎はせつなが人の命を奪うなどと、そんなことは決してしないと強く信じていた。

「そうか」

羽原は視線を天井へと向け、しばらく悩んだ様子でいたが、やがて大きく息をついた。

「では、お主の妻は犯人ではないと信じよう、俺は、な。だが、他の者はどうだ？　お主の妻があやかしとの混ざりものだと知れば、お主の妻をよく知らない者は真っ先に疑いを向けるだろう」

「その可能性は、あるかもしれませんね……」

ふと思い出したのは、先日屯所を訪ねてきた沙雪という巫女のことだ。

あやかしは全て討伐するべきだと主張していた。彼女ならば、少々の疑いであっても、せつなはあやかしであるのだから討伐されるべきだと、あっさり殺めてしまうかもしれない。沙雪だけではない。京には第八警邏隊の隊士だけではなくあやかしを祓う力を持つ者がいる。政府には認められていないが、第八警邏隊同様あやかしを祓っている陰陽師の集団も。そんな者たちにせつなのことが知られたら、疑われる可能性は充分にある。

「疑いを晴らすためにも、京からは離れさせた方がいいのではないか？」

「……実家に帰す、ということですか？」

「なにも難しいことではあるまい？　その方がお主の妻のためではないのか？」

羽原はそう言うが、今までせつなを二年も実家に放っておいたのだ。

もう奥沢には帰らず、ここに居て欲しいと告げたばかりだ。それを今更覆したらどんな不安をせつなに与えるか分からない。事情を話せればいいが……せつな自身は自分があやかしとの混ざりものだとは知らない。一生知らせずに済むものならば知らない方がいいと藤十郎自身も思うし、せつなの兄もそう望んでいた。

「なにをそんなに躊躇っているのだ？　恋女房と一日も離れたくないと考えているのか？」

羽原がからかうように言う。

確かにそんな気持ちがあることは否定しない。だが、心配なのは自分のことではなくせつなのことだ。今までさんざん不安な思いをさせてしまったのに、これ以上心細い思いをさせてしまうのは本意ではない。

やはり、自分はせつなには相応しくないのか。

このような危険な仕事をしていて、その使命ゆえに京を離れるわけにはいかない。ならばいっそ、別の男のところへ嫁いだ方が幸せなのではないかと考える。

藤十郎は悔いるように拳を握った。

「京を任されていながら、不審な事件が相次いでいるというのにそれを解決できずに不甲斐なく思います」

「……いや、特にそれを責める気はないのだが……」

「そうですね、羽原殿の言うように妻には一時実家に戻ってもらおうかと考えています。しかしそれは私が妻を疑っているからではなく、妻を危険から守るためです」

「なるほど、よく分かった。しかし……そうだな。お主は京を離れるわけにはいくまい。旅のついでだ、俺がお主の妻を奥沢まで送っていこう」

「いえ、それには及びません。うちの隊士の誰かに送らせましょう。羽原殿にそんなお手間をかけさせるわけにはいきません」

「そんな遠慮をする必要はない、我らの仲ではないか」

「いえ、当家のことでこれ以上迷惑をかけるわけには参りません。本来ならば私が送っていきたいところですが、私は一刻も早く、事件を解決することに尽力します」

「……いやはや」

羽原はふぅっと息をついた後、頭の後ろをがりがりと掻いた。

「すっかり自分の妻のことを信じているんだな。いや、いいんだ。そのような者に出会えたことを嬉しく思う」

その羽原の言葉には、なにか含みがあるように感じてしまうのは気のせいだろうか。

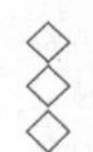

「え……奥沢に帰れ、というのは、一体どういうことなのですか？」
そんなことを言われるとは思ってもおらず、箸でつまみあげて口に運ぼうとしていたおいなりさんが箸から落ちる。
せつなは藤十郎に話があるからと言われて、近所にある甘味処に来ていた。由宇仁神社へ向かう途中の小路にある店で、知らないと見逃してしまいそうな小さな店だった。

木の皿には三つのおいなりさんが並んでいた。ひとつ目を充分堪能して、さあ、ではもうひとつ、と口に運ぼうとしたときに、藤十郎に先ほどの言葉を吐かれたのだった。

「つい先日、こちらに住まうことを考えて欲しいと言ったばかりなのに、それを覆すことになって申し訳ない。だが、一旦奥沢に帰って欲しいのだ。こちらに置くことはできない」

「急にそんなことを言われましても……。なぜでしょうか？」

戸惑いのあまり声が震えてしまう。

自分から断ろうとしていたことだ、こちらでは暮らせない、藤十郎と夫婦になることはできない、と。

そうではあるのだが、まさか藤十郎の方から撤回されるとは予想していなかった。一瞬だけでも本当に夫婦になれると感じたあの夢のような感情、それを踏みにじられたような気がした。

「……すまない、詳しい事情は話せないのだ」

そう言って俯く藤十郎は、まったくいつもの藤十郎らしくない。一体なにがあったのか、と考えてふと思いついた。

（あのときにやって来た藤十郎様の兄弟子の羽原という方……。少し挨拶をしただけだけれど、あの方がもしかして私の正体に気付いたのでは？）

そしてそれを藤十郎に告げた。

藤十郎はきっと衝撃を受けただろう。だが彼は優しい人だから、そんな気持ちは心の奥に押し込めて、そしてそれをすぐにはせつなには告げず、しかし距離を置いた方がいいだろうと判断して実家に帰れと急に言い出した。

そう考えればすべて納得がいく。

「事情を話せないとはなんとも乱暴なことです。私になにか落ち度があったでしょうか」

せつなはついついそんなことを聞いてしまっていた。混乱のあまり頭が働かない。

「せつなに落ち度などない。ただ……こちらの問題なのだ」

そうやって言葉を濁すのも藤十郎らしくない。自分が彼をそんなふうに困らせてしまっているのだと思うと、身体が罪悪感に蝕まれていく。

「そう、ですか……」

「だが、ほんの一時のことだ。問題が解決したらすぐに迎えに行ける……はずだ」

そうして言葉を濁されたことに、諦めの気持ちが広がっていた。

(仕方がない……ことなのよ。私も躊躇っていたはずじゃない、自分があやかしの子かもしれないから、藤十郎様のお側にいることはできない、と。むしろ、向こうから言い出してくれてよかった、と思うべきでは?)

そう考えてみるが、ちっともよいことだとは思えなかった。

藤十郎の側にいたい、と望んでもそれは叶わないことなのだ。

そもそも生まれた家で疎ましく思われ、その存在を隠されて座敷牢に閉じ込められ、母に深い悲しみを与えてしまった娘に幸せになる資格などないのだ。

「……分かりました」

せつなはじくじくと痛む心を隠して、わざと明るい声でそう言った。

「では、私は奥沢に帰ります。そこで大人しく藤十郎様のことをお待ちしております。大丈夫です、私は二年も藤十郎様のことをお待ちしていたのです。元の生活に戻るだけです」

そうは言うが、奥沢に戻ればきっと離縁させられてしまうことは感じていた。だが、それを藤十郎に言えば余計に困らせてしまうだけだ。告げるべきではないだろう。

「……不甲斐ない、こんな夫で申し訳ない」

そうして頭を下げるのだ。

こんな藤十郎は見たくはない。

藤十郎は第八警邏隊の隊長として皆を率いて、余裕の表情で笑っていて欲しいのだ。

「いえいえ！　そんなことありません。すぐに迎えに来てくれるのでしょう？　それをお待ちしております。それに、そろそろ京の町にも飽きてきた頃でした。私にはこのような賑やかな場所は性に合わないのかもしれません。それに奥沢では私がいなくなったと大騒ぎだったようですし。早く帰った方がよいと考えていたところでした」

「すまない」

そう言う藤十郎に、謝る必要なんてなにもないですよ、と言いたかったが、言えなかった。

これ以上口を開いたら、嗚咽が漏れてしまいそうだったからだ。

だからせつなはただ能天気に笑い続けた。

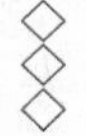

せつなは縁側に腰掛けて、冷たい夜風を浴びながら月を見上げていた。

幼い頃は、座敷牢の天井に開いた小さな空気穴から仰ぐように見ていた月である。

今はこんな大きな月を見ることができる。月にかかる大きな雲も。それだけでも幸せだと思うべきである。

藤十郎に告げられたことに動揺してしまったが、きっとそういう運命なのだ。そもそもせつなはその生まれからして藤十郎の妻として相応しくない者だった。本当はせつなの方から離れていかなければならなかった。

自分は泣きたいような気持ちであるのかもしれない。

けれど一度泣いてしまったら、涙はとめどなく流れ続き、自分は涙に埋もれて身動きが取れなくなってしまうのではないかと恐れ、決して泣くまいと必死に感情を抑えていた。

せつなは首から吊していた小袋の中から、母の形見である紅玉を取り出した。

母はあやかしの子を産んでしまってどんな心地だったのだろう。……生まれてしまって申し訳なく思い……罪悪感に消えてなくなってしまいたいような気持ちになる。

「……どうしたんだ、この世の終わりのような顔をして」

ふと見上げるとそこには橋本の姿があった。いつもの白い着流し姿である。せつなは慌てて紅玉を袋に戻して、元のように首に提げた。

「……本当に橋本様は、気配もなくふらりと現れますね」

「ああ、そうだな。俺はそういう気質なのだろう」

そう言いながら橋本はせつなの隣に座った。

「なにかあったのか？」

いつもの明るい調子で言われて、張り詰めていた気持ちが緩んでいった。

「いえ、なにもないです。ただなかなか寝付けなくて。今まで休むことなく働いていたのがなくなったからでしょうかね？」

そうしてせつなは笑ってみせる。

藤十郎に奥沢に帰れと言われたこと、奥沢に帰れば離縁させられてしまうこと。本当は誰かに話してしまいたかったが、隊士には話してはいけないと思っていた。

「そうか、ならばいいが……。そういえば知っているか？　静良久寺の伝説を」

「いえ、知りません。なにかあるんですか？」

「こんな月の夜にお参りをすると、なんでも願いが叶うというものだ」

「願い……」

　藤十郎の側にいたい。

　そんな願い、神がかりでないと叶わないような気がした。

「それは……ぜひお参りしてみたいです。ああ、でもこんな夜にひとりで出掛けるなんて無理ですね」

「俺が一緒に付いていってやるから大丈夫だ」

「それは心強いですが、お怪我の方はいいんですか？」

　橋本が屯所から出掛けたところなんて見たことがなかった。普通に振る舞っているが、昼間は寝たきりで部屋から出てこない。それに、藤十郎にあまり橋本にかまうなと言われていたことも気になる。傷に障るから、と。

「別に静良久寺に行くくらい問題ない。それに医者からも、少しくらい歩いて体力をつけた方がいいと言われているんだ。……付き合ってくれるか？」

　せつなは少々迷ったが、今夜を逃したらもう行く機会はないように感じていた。自分は間もなく奥沢に帰らなければならないし、橋本も今夜は体調がよさそうだが、いつもそうとは限らないからだ。

せつなは大きく頷いて、少し待っていてくださいねと橋本に言い置いて部屋に戻り、出かける仕度を調えた。

「……あの、橋本さん。本当にこちらでいいのでしょうか？　少々遠出しすぎでは？」

言うがままに付いて来たが、いつの間にかほとんど人家がないような場所にまで来てしまった。

暗い中を歩いてきたせいでここがどの辺りか分からなかったが、市中からはかなり離れてしまったような気がする。

「もうすぐだ」

そう言いながら、橋本はずんずん進んでいく。本当に病気で療養中なのかと疑いたくなるようななめらかな足取りである。

もしかして付いて来たのは失敗だったのではないかと思いつつ、こんな月明かりもない夜の闇の中で、屯所までひとりで帰れる自信はない。

（それに、まさか橋本さんが私を変な目に遭わせようなんて気があるわけがないし）

そう自分に言い聞かせて付いていくが、さすがにもう疲れてきた。

「ああ、もう着いたな」

振り返ってそう淡く微笑んだ橋本を見てほっとしたが、たどり着いたのは警戒感を募らせる場所だった。

人の気配など一切ない、寂しい竹林の中であった。夜風に揺れて、竹がしなってざわと音を立てている。

周囲には明かりもなく、全てが夜の闇の中に沈んでいる。

「あの……その神社というのはどこに？」

「悪いな、実はあれは嘘なんだ。君に会わせたい人がいて」

気配を探っていると、不意にこちらへ向かってくる足音を認めた。

そちらを見ると、提灯の明かりが見えた。初めは小さかった明かりが、竹林の中を揺れながら、どんどんこちらに近づいて来た。

「……ほら、約束通り連れて来た」

橋本が呼びかけた者は、目深に笠をかぶり、その顔を見ることができなかった。黒装束姿で、その者が手にしていた提灯が怪しく揺らめいていた。

どういうつもりか、と橋本を見ると、橋本はせつなを見てゆるく笑った。

「ごめんね、せっちゃん。君を連れて来れば、俺を生き返らせてくれるって言うから」

「生き返らせる……？　え？」

「それにさ、最初は見逃していたけれど。……まさか藤十郎様が気持ちを変えて故郷に帰ろうなんてことにはならないって思っていたから。でもさ、君に対する藤十郎様の態度を見ているとさ、不安になるんだよね」

なにが橋本を不安にさせるのか分からない。彼には告げていないが、もう奥沢に帰れと言われている立場であるのに。

「それに、せっちゃんも藤十郎様を故郷に連れ戻そうという気持ちは変わらないわけだろう？　それは、とても困るんだ」

「いえ、それはとうに諦（あきら）めました。最初は確かに、そんな気持ちもあって屯所にお世話になっていたことは否定しませんが」

「本当にそうだって言えるのか？　君は二年も故郷で藤十郎様を待っていたんだろう？　なぜ自分の夫は京から帰らないのか、と常に不満に思っていて、とうとう我慢できなくなってこちらに来たんだろう？」

「それは……そうですが」

「すまない。俺は、俺たちは、大切な隊長を失うわけにはいかないんだよ」

橋本はそう言うと、すうっと、夜の闇に紛れるように消えていってしまった。

先ほど橋本は、自分を生き返らせてくれる、と言っていた。

（嘘……、橋本さんは既に亡くなっていたの……？　幽鬼……だったってこと？　そんな、

まさか）

確かにせつなには、幽鬼がまるで実在の人のように視える……が、それでもこんなに気付かないものか。

しかし、じっくり考えてみればそうと気付ける機会はあったように思う。

橋本はせつなが作る料理には一切手をつけなかった。部屋に持っていっても、なにも食べなかった。優しい彼の性格からして、少しくらいなにかをつまむくらいしてもいいのに。

それに、橋本が姿を現すのは夜か、それか昼間の薄暗いときだった。そして、叶枝が第八警邏隊のことを六人、と言ったことがあった。それは実家に戻っている隊士を除いてとのことだと勝手に勘違いしたが、橋本を除いて、ということだったのだ。

藤十郎が橋本とは関わらない方がいいと言ったのは、彼の体調を気にしてのようなことを言っていたが、実は橋本はこの世の人ではないから関わらない方がいい、とそういうことだったのだろう。

第八警邏隊の隊士たちはもちろん知っていたのだろう。

今思い起こせば、橋本の話をしたとき、誰もが微妙に気まずそうな、橋本の話はあまりしたくないような、そんな気配を感じた。

（でも、今更気付いても遅い……）

せつなは黒装束の人物を見つめた。

隙を見つけてすぐに逃げたい気持ちだったが、どうやらそうもいかないようだった。

第五章　秘められた力と幸せな結末

「せつな殿がいなくなったと、これは一体どういうことなのか？」

せつなが屯所から姿を消したその日の夕方、羽原がやって来て挨拶もなく藤十郎に詰め寄った。

なにも知らない隊士たちは、事情が飲み込めないという様子でふたりを見つめていた。

「まあまあ、羽原様。こんな玄関先ではなんですから。どうかこちらへ」

佐々木が間に入って、憤った様子の羽原を宥めつつ客間へと連れて行った。

「隊長。なぜ羽原様がせつのことを危惧されているのでしょうか？」

その場に残された藤十郎が笹塚に尋ねられるが、すぐに答えられない。

せつながあやかしとの混ざりものであるという事情についてはふたりの間におさめて、隊士たちには明かさずにいようと考えていたが、どうやらそんな状況ではなくなってしまったようだ。

「事情は後で詳しく説明する。とにかく、今は羽原殿と話してくる。お前たちは引き続きせつなの捜索にあたってくれないか？」

「それは構いませんが……。せつがいなくなったと分かった朝から、もう心当たりは全て捜しました。でも、せつの姿もなければせつを見かけたという人もいません。これ以上どうやって捜したらいいか」

「本当にどこに行ったのか……。ふらっとどこかに出掛けて、迷子になって戻って来られないだとか、そんな状況ならばいいのだが」

細川が首を横に振りつつ言う。

こうして隊士たちがせつなのことを心配している様子を見ると、短い期間にずいぶんとこの場所に馴染んでくれたのだと感じる。それを急に実家に帰れなどと、我ながらよく言えたものだ。

実家に帰ってくれ、と言われたせつなが悲しみのあまり衝動的に屯所から飛び出してしまったのか、と最初は思ったが、せつなの荷物はそのまま残っていた。どうやら夜のうちにいなくなったのだろうと分かって、背筋に悪寒が走った。誰かに攫われたのかと考えたが、不穏な気配があれば隊士の誰かが気付くだろう。ならば自ら屯所から出たのだろうか、と考えるが、なかなか整合性が取れる考えにたどり着かない。

「無理を言っているのは分かっているが、とにかく今は、せつなの捜索に全力を傾けてくれないか？」

藤十郎が言うと、隊士たちは分かりましたと答えてまた捜索に出て行った。もうすぐ日が暮れる。そうなると捜索が困難になることは明らかで、彼らもそれが分かっているのだろう。焦りの色が見えた。

「……もしかして、と思うのだが、俺の悪い予感が当たったのではないのか？」

客間で苛立たしく藤十郎が来るのを待っていた羽原が、藤十郎が来るなり今にも食ってかかろうという勢いで声を荒らげる。

「悪い予感、とはどのようなことでしょうか？」

藤十郎は冷静に羽原に対応しようと努める。

「せつな殿がこのところ起きている事件の犯人ではないかということだ」

そんなことがあるはずがない、と藤十郎は思うのだが、羽原は真剣である。

「……藤十郎様、それは一体どういうことですか？」

そして藤十郎の横に控えていた佐々木が疑念に満ちた声を上げる。ふたり同時に責められているような気持ちになり、どう答えていいものかと頭が痛い。

「もしかして、自分の正体に気付かれたと察して、逃げたのではないのか？」

「いえまさか、そんなことは……」

「いや、こうなったらそうとしか考えられない。お主がああ言うから、悪意あるあやかしではないと考えてしまったが、どうやら我らが甘かったようだ。疑いがあった以上、逃げられないように監視下に置くべきであったかもしれない」

羽原は親指の爪を噛む。

どうしてそうまでしてせつなを犯人にしようとしているのか分からなかったが、確かに羽原の言うとおり、他に事件の手掛かりがない現状では少しでも怪しいと思う者がいれば、見張りをつけておくべきだっただろう。いつもの自分ならば、せつな相手ではなかったら、そうしたかもしれないと考えてしまう。

「自分の妻だからと、目が曇ったのではないか？」

追い討ちのようにそう言われ、確かにそうかもしれないと否定できなくなる。

「しかし、せつなが犯人だと決まったわけでは……」

「では、もし犯人だということになったら、お主はせつな殿が斬れるのか？」

急に思いがけない言葉を投げかけられて、答えに窮す。

せつなが人に危害を与えるなどということは、全く考えていなかった。

それはせつなの兄である駿一朗の話からもそう考えていた。せつなはずっと座敷牢に閉じ込められて育ったのだという。もし凶悪なあやかしだったならば、とっくに自力で座敷牢から抜け出ていただろう。

そしてなにより、せつなと話してもまったく悪意など感じなかった。藤十郎は昔から人の悪意に敏感で、それはときに友や家族からも感じたことがあったくらいなのに。

「答えられぬのか？　それは斬れぬということか？　我が師匠からあやかし斬りの刀を与

えられた、平安の世から続くあやかし討伐の正統な継承者であるお主が」

「その責任は、重々承知しております。しかし……！」

「……初音のことは斬れたのにか……」

ため息のように吐き出された言葉は鋭い氷の刃のように藤十郎の心に突き刺さった。

やはり羽原は心の奥底では自分の妹を斬った藤十郎を許してはいない。

「そのときになったら……全ての始末は私の手でつけます」

ざわざわと騒ぐ心を押さえつけて、そう言うより他にない。

項垂れている藤十郎の肩に、羽原の大きくがっしりとした手が置かれた。

「それを聞いて安心した。やはりお主は俺の自慢の弟弟子だ。……こうなったら俺も手を貸そう。これ以上の犠牲者を出さないためにも、早くせつな殿を捜そう」

「私を攫ってどうしようっていうんですか？　なんの目的があってのことなんですか？」
第八警邏隊の隊士たちがせつなを市中で捜し回っているちょうどその頃。
夜更けに竹林で攫われ、そのまま近くにある朽ちかけた神社の本殿に連れて来られて、麝香のような……なにか変なものの匂いをかがされて今まで気を失っていたのだ。

「……目的だって？　そんなことが気になるのかい」

「え……？」

離れたところから、せつなのことを監視するように見ていた黒装束の者は男性とばかり思っていたので、初めてその声を聞いて驚いた。

しかも、この声には聞き覚えがある。

「あなた……まさか？」

「そうよ。私よ」

そうして被(かぶ)っていた笠(かさ)を取ったその者は、先日、第八警邏隊の屯所に現れた女性、沙雪(さゆき)であった。

せつなは困惑するばかりで、なにも言葉が出てこなかった。どうして彼女が、橋本(はしもと)の手を借りてせつなを誘い出して、神社に監禁しているのかまるで心当たりがない。

「意味が分からないって顔をしているわね？　まあ、それはそうよね」

「あなたは巫女(みこ)ではないのですか？　それがどうしてこんなことを……」

「そうね、そういうことにしたんだったわね。嘘(うそ)よ、そんなの」

「嘘……」

「巫女だと嘘をついて第八警邏隊に入り込もうとしたんだけれど、そう上手(うま)く運ばなかったわね」

沙雪は吐き捨てるように言い、うんざりと肩を竦めた。

「入り込む……とは？　あやかしたちを残らず討伐したいと、そうおっしゃっていたではありませんか？」

「そうね、弱いあやかしになんて生きている価値がないから、倒してしまった方がいいと思っているのは嘘ではないわね。私の目的は……そうね、強い力を手に入れることよ」

「強い、力……」

「そうよ。あなたの夫だという第八警邏隊隊長の力を手に入れられたら私はどんなに強くなれるか……！　考えただけで身震いがするわ。私はね、人から力を奪うことができるのよ」

そうしてまるで自分に酔うようにうっとりとした笑みを浮かべる。

そんな醜悪な笑みをせつなは見たことがない。どす黒い、つんと鼻の奥が痛むような焦げた気配を感じる。

「あの……あなたはもしかして人ではなくあやかし……なのですか？」

「あら、やっと気付いたの？　私たちお仲間なんだから、もっと早く気付いてもよかったのにね」

「仲間……」

沙雪が自分のことをあやかしだと認めたことよりも、せつなも仲間だと言われたことに衝撃を受ける。

そうやって戸惑っているせつなを愉快そうな目つきで見つめながら、身をよじると、やがて沙雪の身体がブレて、大きく白い大蛇が見えた。金色の瞳をしている思わず目を奪われてしまうような美しい白蛇だった。

「何度も失敗したけれど、こうして人の身体を手に入れた。人の身体は便利よ、町を歩いていてもまるで気にされないから。あなたは……混ざりもので、生まれつき人間の身体を持っている妖狐のようだけれど」

「妖狐なのですか？……私が……？」

目の前が真っ暗になり、喉に石を詰められたような感触に息を吸う事すら苦しくなってきた。

薄々は気付いていた。もしかして自分の実の父はあやかしで……それで疎まれて座敷牢に閉じ込められていたのではないか、と。

そうならば咲宮家当主が、どうしてせつなを蔑みつつ、畏れていたのか説明がつく。彼はあやかしに手をかけて、自分に、咲宮家に、禍がふりかかってはいけないと考えていたのではないか。

母は『決して人を憎んではいけません。それが、あなたが生きる唯一の道です』と言っていた。

それが人を恨んで、人に仇なすあやかしになれば討伐されてしまうと、そういうことだったのではないか。

「確かに私の父は、人ではないようで……でも、まさか妖狐だなんて。それは確かなことなんですか？」

　信じたくなくて、すがるような瞳で聞いてしまう。

　それでは、やはり藤十郎の妻には相応しくないのだと決定的になってしまう。なにかの間違いであって欲しい、と願っていたのに。あやかしを祓うものと、祓われる側のあやかしが夫婦だなんて、聞いたことがない。

「そうよ。人間との混ざりものだからかしら？　力が弱くてすぐには分からなかったのよ。でも匂いで分かるわ。あなたは私と同類、こちら側のものだわ」

　はっきりと言い切られ、心の持ちようが分からない。ただ、今まで上手く人のふりをしていただけで、人ではなかったと。これでは座敷牢に閉じ込められていても当然だったということは分かった。

「あやかしが、藤十郎様の妻だなんて……」

「あら。私は別にあやかしと人が結ばれたっていいと思うの。だってあなたの両親はそうだったんでしょう？」

「それは……そうなのでしょうけれど」

しかしそれは人の世には受け入れられないことだろう。自分が座敷牢に閉じ込められていたことからも明らかだ。

「あなたは幸せよね。あやかしでありながら人の食べ物で満足できるのだから」

「それは……一体どういうことでしょうか？」

「あやかしの食料はなんだと思う？　魂よ。色んな生物の魂。人はその血肉を喰らうけれど、あやかしは魂を喰らうの。そして、一番のごちそうは人間の魂だわ」

「人間の……」

せつなはごくりと生唾を飲み込んだ。

あやかし、という存在のおぞましさを感じたからだ。もちろん、そんなあやかしだけではないだろうけれど。

「強い術力を持つ人間の魂を喰らえれば……その者の力を取り入れることができるのよ。この強い私が、もっと強くなれるの……！」

恍惚とした表情を浮かべる沙雪を見て、人の姿をしながら人とは違う存在の恐ろしさを肌で感じた。自分もそうなのか、と考えると気が遠くなる。

「あの、もしかして、このところ起きている魂が奪われるという事件はあなたが……？」

「それは、あなたが知る必要はないわ」

そうは言うが、そうだと言っているようなものである。

「そう、ね。少し話しすぎたわ。あなたはただ私のために犠牲になればいいの。弱き者は強き者に従うしかないのだもの」

沙雪は鼻で笑って、そのまま出て行ってしまった。

残されたせつなは、あまりにたくさんのことがありすぎてどうしていいのか分からなくなり、ただ虚空を見つめることしかできなかった。

「なるほど、そのようなご事情でしたか。それはせつ……いえ、藤十郎様の奥方様はなかなか特殊な方だったのですね」

羽原が屯所から立ち去った後、藤十郎はそのまま客間にて佐々木に事情をすっかり話した。こうなった以上、隠し立てするのは不可能であった。

「羽原殿は、初音殿のことがあったのだから当然せつな殿のことも斬れるだろうとおっしゃっていましたが、少々事情が違います。初音殿は死後、あやかしとなり苦しんでらっしゃいました。藤十郎様はそんな初音殿を苦しみから解放するためにやむなく斬ったというだけで」

「いや、どんな事情があったとしても同じだ。人に危害を加えるあやかしは斬らなければならない」

しかし心は鉛のように重い。

せつなが人に危害を加えるようなことをするとはまるで思えない。なにかの間違いだと分かればいいのだが、万が一のことを考えてしまうのだ。あんな優しかった、まるで春の心地よい風のようだった初音があやかしとなってから豹変する姿を見たからかもしれない。

「ただ、気になることもある。羽原殿はこのところ起きている事件の犯人が、せつなだと決め付けているように思うのだ」

「それは少々強引ではないか、と私も思いました。まるで、自分の妹も斬ったのだから、妻も斬れ、とけしかけているような」

兄弟子のことを疑いたくはない。

だが羽原は昔の羽原のようではないと会った瞬間から感じていた。以前は底抜けに明るくて、いささかの陰りも感じたことがなかった。それが悲しみなのか恨みなのか、負の感情に支配されているのでは、と感じられることがあった。年月がそうさせてしまったのか、それとも、羽原の身になにかあったのか。それは知る由もない。

「羽原殿はせつな殿を見つけ次第斬ってしまうような勢いでしたな」

「それは私も危惧している。なんとかこちらが先に見つけられればいいのだが。一体どこへ行ってしまったのか……」

藤十郎は陰鬱(いんうつ)なため息を吐き出した。

「そもそも……せつな殿が自分の意志で出て行った可能性は薄いでしょう。万一、藤十郎様の実家に帰るとしてもひと言挨拶(あいさつ)があったでしょうし。あやかしの本性に目覚めて出奔したと考えるべきなのでしょうか」

佐々木はそう言いつつも、そうとは信じたくないという様子である。口ではあれこれと言いながら、せつなのことを信じて心配しているように思える。藤十郎にはそれが心強く感じられる。

「そうでないならば、誰かの手で攫(さら)われた、と考えるのが普通だろうか」

「そうですね。なにかとうちに突っ掛かってくるところはありますから。あやかしを操って悪事を働いている不良陰陽師(おんみょうじ)たちはうちを恨んでいるでしょう。そのような者たちに攫われた可能性はあります。しかしそのような不審な気配は、このところ屯所にはありませんでした。せつな殿が夜なにか用事があって屯所を抜け出し、その先であやかしに襲われたですとか、そういうことでしょうか？」

「……いや」

藤十郎はふと息をついた。

「屯所の中にはあやかしが居たではないか」

「…………。橋本のことですか？　しかし橋本は……」

佐々木は言葉を濁し、視線を下げた。

橋本はあやかしの群れに襲われたときに、佐々木を庇って大きな怪我を負い、一旦は回復したが徐々に身体が怪我に蝕まれていき、屯所でふた月静養した末に亡くなった。

橋本は昔から第八警邏隊に対する思い入れが強かった。佐々木が自分が不甲斐ないばかりに怪我をさせたと頭を下げたとき、この隊に必要なのは俺よりも副隊長である佐々木だから庇ったんだと、笑った。

死してもなおここに留まりたいと願うならと、誰もが橋本のことに目を瞑っていた。そのような異様な状況に陥ったときに真っ先に異議を差し挟むだろう佐々木も、橋本のことに関しては黙した。

せつなは橋本が幽鬼であることが分からないようで、まるで生きている者に対するようにふるまっていたからか、橋本に気に入られているようだった。あまり深入りするなと助言したが、橋本は幽鬼であるのだから、とも付け加えた方がよかったかもしれない。

「最近、橋本の気配がおかしくなったと感じていた」

「それは……実は私も気付いておりました。なにがあったのか探ろうと、橋本から話を聞こうとしていたのですが、このところとんと姿を見せなくなってしまって」

それはせつなが藤十郎の妻だと分かってからだったような気がする。

「もしかして、勘違いさせてしまったのかもしれないな。せつなが橋本を生きているように扱うから」

「それを言うならば第八警邏隊、皆がそうでしょう。橋本をまるで生きているように扱った。本当は死んでいるのに。信じたくなかったから。しかしそれが甘い考えだったのでしょう」

橋本は第八警邏隊にとってなくてはならない存在だった。特に年若い隊士にとっては兄のような存在で、なにか落ち込むことがあるとすぐに気付いて、いつものような気軽な口調で慰めている場面を何度も見かけた。なにかぴりぴりとした空気になったときには橋本が冗談を言ってその場を和ませるということはいつもの光景だった。

その『いつも』が失われたとは、誰も認めたくなかったのだ。

第八警邏隊の屯所にあやかしが居るなどと好ましくないと思いつつ、橋本ならば仕方がない、と目こぼししていた。

（橋本まで失ってしまい……悲しみに囚われるあまり判断を誤ってしまっていたのか……）

藤十郎が色を失ってまであやかし斬りの更なる力を手に入れたのにも拘わらず、橋本はあやかしとの戦いの中で命を落としてしまった。いくら悔いても足りず、その気持ちが綻びとなって、こういうことになってしまったのかもしれない。

「……もしかして橋本を疑っているのですか？」

「そうだな、人は状況が変わると考え方も変わる。いわんや、橋本はこの世の者ではなくなったのだ。暗き闇の世界に惹かれるのも無理のないことかもしれない……」

「橋本の馴染みの場所を捜してみるべきでしょうか？」

「そうだな。……私も捜索に加わることにしよう」

「お供します」

　藤十郎が立ち上がると佐々木も同じように立ち上がった。

「……そうだ佐々木、実は話しておきたいことがあるのだ」

　こんな状況ではあるが、これからどんなことになるか分からない。話しておくべきだと判断して、藤十郎は自分の目について話した。

　誰にも言わずにおこうと思っていたことなのに、いざとなったら滑らかに話すことができた。心の奥底では誰かに知って欲しいと思っていたのかもしれない。

「……どうしてそんな大切なことを、今まで話してくださらなかったのですか？」

　そして、人のことなのにそんなふうに憤る佐々木を不思議に思う。

「いや、心配をかけるだけだと思ったのだ。それに、隊務にはあまり影響のないことで」

「……そういうことではありません！　色が認識できないとは、不自由なこともあったでしょう。今までそのお手伝いができなかったなど……！　しかし、言われるまで気付かなかったこちらも不甲斐ない」

「いや、そんなことを不甲斐なく思う必要はまるでないのだ」

「いえ……しかし」

佐々木は藤十郎の前方へと回り込み、深々と頭を下げた。

「明かしていただいてありがとうございます。私を信頼して言ってくださったのでしょう？」

「……なにを言っている？　お前以上に信頼できる者はいない。だからこそ、副隊長に任命したのだ」

「もったいないお言葉です。そのお言葉を胸に、これまで以上に励もうと思います」

佐々木の表情からは、今まで以上の一層強い信頼を感じる。

自分は第八警邏隊の隊長であるのだから、弱いところを見せるわけにはいかない、と気を張りすぎていたのかもしれない。

（せつなの言うとおりだったな……）

ここまで自分のことを、隊のことを理解してくれる妻などいないだろう。

色を失った自分の力になりたいと考えたのか、彩り豊かな菓子の色を教えてくれた。目を瞑り、かつて自分の瞳にあった色を思い出させてくれた。

あのとき、束の間だけでも色のある世界に戻れたような気がした。せつなが、そうしてくれたのだ。藤十郎にとってせつなは、色を失った世界に差し込んだ眩い光のような存在だった。そんな存在を失ってしまえば世界は再び闇に沈んでしまう。

なんとしても戻ってもらいたいと、そればかりを考えながら、佐々木と共に屯所から京の町へと出て行った。

そろそろ夕方という時になっても、せつなは後ろ手を縛られた状態でなす術なく、床に横たわっていた。

いつの間にか降り出した雨が地面を叩く音がこちらにまで聞こえて来る。湿気を帯びた空気が鼻元をくすぐる。

縛られている手首が痛むが、動くと余計に食い込んでいくだけで、いかんともしようがなかった。

まさか自分が妖狐の子だとは考えていなかった。

そういえば、もしかして自分がおいなりさんが好きなのは妖狐の子だったからかも、と考えると苦笑いが漏れた。

座敷牢の中では甘いものなんて食べさせてもらえなかったから、そういえば初めて実家で甘辛いおいなりさんを食べたときには、この世にはこんな美味しいものがあるのかと感動したものだった。せつなのおいなりさん好きはそこからだった。

「……いけない、おいなりさんが食べたくなってきたわ」

「こんなときに食べること？　なんだ、余裕だな」

ふと見ると、寝転がっていたせつなを見下ろすように橋本がしゃがみ込んでいた。

扉はぴったりと閉じられていて、どこから入ってきたのか、と思ったがそういえば橋本は幽鬼だったのだ。

そう思った途端にわっと悲しみの波が襲ってきて、せつなは胸が苦しくなってきた。

「橋本さん、まさか亡くなっていたなんて……。すみません、私、全然気付けなくて……」

「なんでお前がそんな顔をするんだよ？　自分の置かれている状況が分かっているのか？　俺は、お前を騙して連れて来たんだぞ」

「私がもっと早くに橋本さんの気持ちに気付いていればよかったのです。こんなことまでしたのです、なにか深い事情があったのでしょう？」

せつなが上目遣いで尋ねると、橋本はとても奇妙な表情となった。

「そんなこと、お前に話す必要はない」

「そんな……。でも、そうですよね。私に話してもなにもなりませんもんね。死してもなお、皆さんの前に現れるということは、なにか特別な思いがあったのでしょうが……」

せつなの言葉に橋本は面食らったような表情になったが、彼の中に生まれた感情を押し殺すように悪辣な笑みを浮かべた。

「……そうだな、死んでも死に切れなかった。隊のことをそのままにして」

「やはり、任務の途中で命を落としてしまったのでしょうか……？」

「そうだな。ちょっと格好をつけて失敗をしてしまったんだ。俺らしくもない失敗をな。だが、別に後悔はない。俺は隊を護るために死んだんだ。……だが、心配事はある。隊がこのまま存続していけるかどうか。俺は命を懸けてまで、この京の町を護ってきたんだ。隊が解散するようなことになったら、俺の思いも無になる」

橋本は強く拳を握り締めた。

そこまでの思いがあっただなんて、立派な隊士だと思う。

そして、橋本を失ったときの隊士たちのことを考えた。落胆に沈む暇もなく黙々と隊務をこなしているのだろうと思うと、本当にすごい人たちだなと思う。

「その中で一番大きな懸念点はお前だ」

「え？　私……、ですか？」

どういうことか分からず、せつなは首を傾げるばかりだが、橋本はそんな態度に苛立ったのか、どっかりと床に座り、淡々と言葉を重ねる。

「そうだ。この京に何をしに来た？　藤十郎様を連れ戻しに来たのだろう？」

「それは、こちらの事情をなにも知らずにやって来ただけです。なにしろ、結婚してから二年も夫が戻って来なかったのです。一度も夫の顔を見たことがなかった、文を出しても返事ひとつもない。さすがに待ちくたびれてしまったのです」

「奥沢から京まで……女の足なら三日はかかるだろう」

「ええ、そうですね。私は途中で道を失ったこともあり、五日かかりました……」

奥沢から京までの街道は行き交う人も多く、整備されているが、それでも険しい山をふたつ越えてこなければならず、困難な道のりであった。

「俺は、その執念が怖い」

「執念……と言われると困りますが。それだけ私としても必死だったのです」

「執念だろう？　まさか本人が供もつけずにやって来るだなんて」

確かにそうなのである。だが、せつなには一緒に京まで行ってくれるようなお付きはいなかった。

「藤十郎様の家に嫁ぐくらいなのだ、それなりの身分のお嬢様なのだろう。それが、並々ならぬ決意があって、京に来たのだろう？」

どうやら橋本はせつなのその辺りの事情について誤解をしているようだ。

「並々ならない決意があったのは確かですが……」

「ならばその心にほだされて、いつ藤十郎様が故郷に帰られてしまうか分からない。そうなったら、第八警邏隊は終わりだ」

そうして橋本は忌ま忌ましく首を横に振る。

それが橋本がせつなをこんなところへ連れて来た理由なのだろうか。隊の存続、それが彼が一番望むことであり、せつなはそれの障害になりうる。

(でも、まさかこんなこと……。人は死んであやかしになると、生前の思いがより強くなるものなのかしら)

橋本の気持ちは分からなくもない。だが、そのためにこれはやりすぎである。

「少しお待ちください。藤十郎様が、第八警邏隊のことを見捨てて実家に帰られることはないと思います。事実、私は藤十郎様に実家へ、奥沢に帰れと言われております。このまま京に置くことはできない、と」

「ああ、そう告げないと藤十郎様の気持ちが揺らぎそうだったからだろうな」

「揺らぐ……などということはないと思いますが。あれだけ毅然とされた方ですし、ご自分の信念を曲げるようなことはないでしょう」

「そうだろうか？　君を見る藤十郎様の眼差しを見ていると、とてもそうとは思えないのだよ」

確かにそう感じたことはある。誰にも優しい藤十郎が、その誰にでも向ける表情ではなく、自分にだけ特別な眼差しをくれると。藤十郎の特別になれたのではないかと思ったこともあった。

　だが、それは奥沢の実家に帰れと言われたときに砕け散った。全ては自分の勘違いであったのだと……期待した分だけそれが裏切られたときの衝撃は強く、今もそれを思い出すと苦しくなる。

「いえ……それは私を哀れと思ってのことでしょう。実は奥沢に帰ったら、離縁させられてしまうのです」

「そんなことは藤十郎様が許さないだろう」

「いえ、そんなことはないと思います。そもそもは家同士が決めた結婚ですから」

「そうか。自分がどれだけ大切にされているか自覚がないんだな。藤十郎様も可哀想に」

　橋本はふっと笑みを漏らすが、どうにも誤解があるようにしか思えない。

　どう話したら分かってもらえるのかと迷ってしまうが、橋本にならきちんと話せば分かってもらえるはず、という期待を持って話していく。

「その、橋本さんは、私を排除したら第八警邏隊は磐石（ばんじゃく）だとでも考えているのですか？」

「少なくとも、懸念材料のひとつは排除できるだろう」

「もしかしたらそうかもしれませんが……。私を殺す気なのですか……」

　恐る恐る聞くと、橋本はふっと笑った。

「殺す、だけじゃない。あの女はせつに全ての罪を着せて始末すると言っていたな」

「そうでした、沙雪さんは第八警邏隊に入り込み、隊士さんたちの魂を奪うと言っていました！　そんな人に協力していいのですか？」

「……。あの女は、俺に新しい身体をくれると約束した」

「あの、話がかみ合わないのですが……」

目前に居る人物は、本当に橋本なのだろうかと疑いたくなる。

彼はどちらかといえば聞き上手で、それは相手への気遣いがある人だからだと思っていた。それが、今は話している相手への配慮などまるでなく、自分の言いたいことだけを言い連ねているだけに思える。

「まさか隊長があんなあやかしに負けるはずがないだろう。甘く見てもらっては困る。俺はあの女を利用しているだけだ。お前を排除し、そして新しい身体を手に入れるために」

「それは……もしかして沙雪さんがどなたかの魂を奪い、その身体に橋本さんが入ると、そういうことでしょうか。……そんなおぞましいことで新しい身体を手に入れて、橋本さんは満足なのですか？」

「そうだな。俺にはもう目的のために手段を選ぶことなんてできないんだよ」

そして橋本は自らの手を握った。

「生きている頃は多くのあやかしを斬った俺だが、今ではお前のような小娘ひとり亡き者にすることができない……。情けない」

　そして切なげな瞳で自らの拳を見つめ続ける。

「橋本さんは……どのみち、生きている頃でも私のようななんの力もない女を殺そうなんて企まなかったでしょう」

　橋本はせつなの言葉に怯んだような表情を浮かべた。

　命を失い、幽鬼になって橋本は変わってしまったのだろう。そのことに、本人は気付いていないような様子だった。

（もう生きていた頃のようにはいかない……。それが辛かったのだろうと思うけれど
　だからといってこのやり方はいけない。なんとか橋本を説得できないだろうか、と思ったのだが。

「……お前は人を惑わす。藤十郎様のこともそうだ」

「私にはそんな力はありません。それより橋本さん、やはり考え直してくださいませんか？　橋本さんはあやかしが憎いのではありませんか？　この世から人に仇なすあやかしがいなくなればいいとおっしゃっていたではないですか。そのあやかしに手を貸すとは」

「……お前もあやかしではないか。あの女から聞いた」

「それは……どうやらそのようですが」

　それを考えると胸が苦しくなる。藤十郎に相応しくないとは橋本の言うとおりで、だから大人しく身をひくつもりであったのに、こんなことに利用されるのは本意ではない。

「お前は藤十郎様には相応しくない」

　そう言って立ち上がり、せつなを見下ろした。

「先ほど、ずいぶんとお腹が空いたようなことを言っていたが」

「え、ええ……」

「それももうすぐの我慢だ。あのあやかしは今夜、満月の夜に魂移しの儀式をすると言っていた。もう間もなく雨も止むだろう。月明かりの下で儀式は順調に進む」

　喉の奥でくつくつと笑う彼を見て、ああ、もうすっかり人ではなく、あやかしの心になってしまっていると感じた。なにを言っても無駄……なのだろうと。


　夕方に降っていた驟雨はすっかりやみ、雲は風がすっかり流してしまっていた。空には満月があり、まるで夜の王とばかりに燦然と輝いていた。

　せつなはその月明かりの下、ざわざわと揺れる竹林の中に横たわっていた。

　沙雪は先ほどから瞑想を行っている。

　そして、橋本の近くに横たわっている、見知らぬ男の姿が気になる。気を失っているようだが、彼の身体の中に橋本の魂を入れるつもりなのだろうか。

(私は……藤十郎様の妻であるから、まるきり関係ないとも言えないけれど、あの人は本当になにも関係ない。そんな人を巻き込むなんて)

なんとかならないものかと、気付かれないように足を動かして身体を縛っている縄を解けないかと思うが、縄は更にせつなの足首に深く食い込むばかりで、解けるような気配はない。

もう諦めるしかないのか、目前の人も助けられないのか。

それとも……と考えていたときに、今まで沙雪の方へと向けられていた橋本の視線がこちらへと向かってきた。

「……余計な抵抗はしない方が楽だよ……どうせ助けなんて来ないんだから」

その顔にはなんの表情も浮かんでいない。

ああ、橋本はもうすっかりあやかしになってしまったのだと感じた。今の橋本だったら、すぐにこの世の者ではないと気付けた。第八警邏隊の屯所にいたときの橋本は、なんだか毎日楽しそうだった。病気療養中、ということになっていたが、他の隊士のことを気遣う人柄から場の雰囲気を和ませる空気を感じた。きっと復帰したならば隊の要として活躍するのだろうと思っていた。

「……藤十郎様に新しい女性が現れたら」

「は……？　なんだと？」

「藤十郎様が新たに妻を迎えたら、またこうして排除しようとするのですか？　藤崎の家は、私に暇を取らせて、藤十郎様に相応しい家柄がよく立ち居振る舞いもたおやかで、人柄も素晴らしい妻を用意するかもしれません。その人がまた京にやって来たら、同じように亡き者にしようとするのですか？」

「……それはお前が心配することではあるまい」

「いいえ、私は藤十郎様の妻です！　たとえ名だけの、親が決めた結婚であっても、妻であることに変わりありません。妻として、夫のことを思いやるのは当然のことです」

強い決意を胸に、せつなは更に続ける。

「これでは……初音さんのときのように、また藤十郎様を苦しめてしまうだけです。初音さんはあやかしを退治するときに巻き込まれて、それで命を落としてしまったと聞きました」

「……それだけではない」

「え？」

「命を落とした後、彼女はあやかしとなった。それを斬ったのは藤十郎様だ。藤十郎様は、あやかしのことに関してはたとえかつての恋人にも容赦のない方だ。俺はそんな藤十郎様を尊敬している」

まさかそんな事情まであったとは初めて聞いたせつなはなにも言えなくなってしまった。

「藤十郎様は初音殿のことがあった後も、それであやかし退治をやめようなどとは考えなかった。藤十郎様は第八警邏隊のことをきちんと考えてくださっている」

藤十郎ならばそうだろうなとすとんと心に落ちてくる。藤十郎が目の色を失ってまで厳しい修行に挑んだのも、きっと初音のことがあったから、そして、第八警邏隊の隊長としての責任からではないかと考えた。

「そんなお強い方ならば余計に、私のような者に惑わされることはありません。第八警邏隊のことを真剣に考えてくださっている藤十郎様のお心を、なぜもっと信じてくれないのです？　それでも第八警邏隊の隊士ですか？」

「……………！　黙れ！」

橋本は怒りに任せてせつなを殴ろうとした……が、その拳は虚しく空を切るばかりである。

「く……っ！」

橋本は呻いて拳を強く握り締めた。

橋本の中に迷いを生じさせたような気がしたが、今この場でそれがあったとしてもこの状況が変わる訳でもない。

ふと、空に向けてなにやら念じていた沙雪の身体が光ったような気がした。

それから、その光がまっすぐにせつなへと向かって来て……。

その後の記憶は虚ろであった。

それは本当に偶然とでも呼ぶべきことだった。

藤十郎と佐々木と、それから途中で細川が合流し、せつなを捜して京の市街地から離れて、鞍馬山の方へと向かっている途中だった。橋本は鞍馬の出身であり、馴染みのある場所も多いはず……という予想からそちらへ向かっていたのだが。

「隊長……！　ちょうどいいところに！」

人の姿が見えづらくなった黄昏時、ふと聞き覚えのある声が聞こえてきた。

それは笹塚だった。鞍馬山へ向かう山道の途中で、雑木林からふっと姿を現した。

「笹塚、一体こんなところでどうした？」

藤十郎の言葉に、笹塚は一礼してから、焦った様子で言葉を発する。

「今、屯所に戻る途中だったのです……！　実はあの娘が連れていた白い犬を見つけて」

「シロを……？」

「どうやらあの娘の危機を知らせているようでした。俺について来る様にと鼻を鳴らすのですが、突然、犬が向かおうとしている方向に凄まじい妖気を感じて、これは応援を呼んだ方がいいだろうと……」

「でかした、笹塚。それで、その犬はどこに？」

佐々木が言うと、笹塚は自分の後方を指差した。

「ええ、貴船の方です。なぜかその場から動こうとしなくて……」

「よし、そこに案内してくれ。それから細川、お前は屯所に戻って応援を呼んできてくれないか」

「分かりました」

そう言うや否や、細川は屯所の方向へと走って行ってしまった。

そして笹塚に案内されるまま、シロが居るという場所まで向かった。

シロはなにもかも了解しているようにわん、と一度鳴いて、藤十郎たちを案内するように山の深いところへ向かって走り出した。

そしてしばらく走ったところで気付く。まるで山を覆うような強いあやかしの気配があった。走るのに必死で気付かなかった、とはあまり言い訳にならないような濃い気配だ。

周囲は漆黒の闇に包まれており、風もなく、静寂があたりを支配していた。

そうして更に四半刻ほど走った頃だろうか。目前に鳥居が見えた。

鳥居にかかっていた注連縄は朽ちて垂れ下がっている。鳥居の奥にある拝殿も、長く放置されていたのだろうか、朽ちて崩れかけていた。

シロは境内に入り、大きくわん、と吼えてから拝殿の裏手へと走っていった。

目的の場所はここなのだろう、と予感しながらその後についていく。

そして、拝殿の先、主殿の裏手にある竹林にたどり着いたとき、不意に藤十郎は足を止めた。

「……っと、隊長。どうかされましたか？」

後ろにいた笹塚が声を掛けてきた。

が、藤十郎は目前にいる者に気を取られ、答えることができなかった。

そこにはせつなが立っていたのだ。

「……なんだ、せつ。こんなところに居たのか？　皆でさんざん捜し回ったぞ」

笹塚が一歩踏み出そうとしたところで、藤十郎は腕を伸ばし、これ以上進むなとばかりに笹塚の進行を妨げた。

そして次はシロがせつなに向かって吼え始めた。どうやらこの周囲に漂うあやかしの気配は、せつなから……いや、せつなの姿をした何者からか発せられているようだった。

「お前……何者だ？」

藤十郎が刀の柄に手をかけた。

「そ、そんな藤十郎様。私の顔を忘れたのですか？」

せつなの姿をした……何者かは、彼女がいつもしていたように小首を傾げた。

「せつなです。あなたの妻のせつなです」

声もせつなのものだった。

だが、なにかが違う……。隊士たちもそれに気付いたのか、緊迫した空気が漂った。

「迎えに来てくださったのですね、嬉しいです」

そしてせつなの姿をした者は、こちらへと歩いてきた。

それを見て藤十郎は後ずさった。

「何者かと聞いている。答えよ。そして、せつなをどこへやった」

「……うふふ。なにを言っているの？　目の前にいるではないですか」

そして彼女はふと立ち止まり、笑みを浮かべた。

こちらを試しているような、侮っているようなそんな表情だ。せつなはそんなふうに笑わない。

「……隊長、これはどういうことでしょう？　あれは……せつでは……」

笹塚が藤十郎に耳打ちするが、なにも応えずにただせつなの姿をした者を油断のない瞳で見つめ続ける。

「私を捜していたのでしょう？　迎えに来てくれたのね？　さあ、早く帰りましょう。私、もうお腹がぺこぺこで……」

「違う、お前はせつでは……隊長の奥方様ではない！　上手く化けたようだが、俺たちの目は欺けない。さっさと正体を現せ！」

笹塚はそう言うや否や、あやかし斬りの刀を抜いてせつなへと刀を向けた。するとその者は不気味な笑みを顔に張り付けた。

「化けた……？　なにを言っているの？　私はせつなよ……」

「くどい！　認めないならばこちらから化けの皮を剝がして……」

「ふふふ……うふふふ……そう、まさかこんなに早く分かってしまうなんてね」

そのとき、上空の雲が月を隠し、周囲は漆黒の闇に包まれた。

「でも残念ね、私は本当にせつなの。この身体はせつなのものよ、私がもらったの」

そう言って得意げにふふん、と笑う。

せつながせつなだったときには優しく、こちらの気持ちを解いてくれたその笑顔が、無性に腹立たしく感じる。

「なんだと？」

「だからね、わたしがせつななのよ。私が死んだらせつなも死んでしまうのよ。うふふ、どうする？」

沙雪は試すような視線を藤十郎に送った。

（そうなの……これが目的だったのね……）

せつなの心は、彼女の身体の奥深いところに沈められて、自分で身体を動かすことも、言葉を発することもできずにいた。

沙雪の本当の目的はなんなのか分からなかったが、こうしてせつなの身体を乗っ取って藤十郎と対峙し、隙を狙ってその魂を我が物にすることだったのだろう。

身体を乗っ取られるとはどういうことなのか分からなかったが、どうやら魂を身体から引き剝がされて、魂の死を迎えるものではなく、こうして身体だけが自分の意識のままに動けなくなることだったようだ。

藤十郎が駆けつけてくれたとき。

彼のほつれた髪や、額に浮かんだ汗を見て、今までせつなを必死に捜し回ってくれていたのだろうと分かった。シロが側にいた、きっとここまでシロが案内してくれたのだろう。

まさか自分をここまで捜してくれていたなんて。

そのことが飛び上がるほど嬉しかったが……が状況はよろしくない。

せつなは自分の意志で身体が動かせないまま、どうしていいのかまるで分からずに居た。

「……早くその身体から出るがいい」

藤十郎が震え上がるほどの冷たい瞳でせつなを……せつなの身体を操っている沙雪を見ていた。

そんな冷たい表情をする人なのかと驚く。

せつなは怯んでしまったが、沙雪の方は全く動揺していないようだ。

「なにを言っているの？　この身体はもう私のものだもの。出て行く、なんて意味が分からないわ。私はもうせつななのよ」

沙雪は余裕に満ちた笑みを藤十郎に向けた。

「どこかで感じたことがある気配だと思っていたが……もしかして沙雪と名乗り屯所に来た者か？　お主は巫女ではなかったのか？」

「あら、まさか気付かれてしまうなんて意外だわ。さすが第八警邏隊の隊長だけあるわね……。あなたの魂を手に入れたらどういうことになるかしら？　ぞくぞくするわ」

そして心底嬉しそうな顔をする。

その胸の高鳴りを、せつなは自分のもののように感じることができた。沙雪は本当に強い者が好きで、そして自分はもっと強くなりたいのだろうと感じた。

「さあ、始めましょう藤十郎様。でも、私の身体を斬れます？　この身体はあなたの妻のものでしょう？　うふふ」

とても愉快そうに笑う沙雪はなんて性悪なんだろうと悔しくなった。そしてその言葉が自分の口から出て、その醜悪な笑みが自分のものであることが苦しくなる。

「大人しく聞いていれば、なにを勝手なことを言っているんだ。今すぐせつの身体から出て行け！　三下が！　お前のようなあやかしに乗っ取られるような者ではない！」

笹塚が言うと、沙雪は侮蔑するような視線を彼に向けた。

「なにを言っているのです？　ああ、もしかしてご存じないのですね？　この身体の娘だってあやかしなのよ？」

沙雪はなにも知らないのかと侮るように鼻を鳴らす。

（ああっ！　やめて……！　私はもう藤十郎様の側からは離れようと思っていたんだから！　そのことはどうか秘密に……）

そうして沙雪の口をなんとか塞げないものかと思うが、自分の身体であるのに制御することはできない。

「なんだと？　どういうことだ？」

怪訝な声を上げる笹塚に、沙雪は得意げに語り始める。

「この娘もわたくしと同じあやかしだと言っているのです。この娘自身も気付いていなかったような、なんの力も持たない、脆弱な、取るに足らない下等なあやかしですけれど。恐らくは人とあやかしの間に生まれたのでしょう」

「そ、そんなまさか……？」

笹塚は焦ったような様子で藤十郎の方を見た。藤十郎は、さすがというべきなのか、まるで動揺した様子は見せない。

「隊長はご存じだったのですか？」

「……そうだな」

藤十郎は一旦言葉を句切り、ややあってから。

「知っていた」

（え……？）

自分の身体が自由にできる状態だったら、驚愕の叫びを上げてしまうところだった。

「せつなの兄とは懇意なのだ。それでだいたいの事情は聞いていた……と、それは今話している場合ではないな」

藤十郎はそう言うが、せつなにとっては今すぐにその話を聞きたい。

（まさか、お兄様も知っていたとは……。お兄様はどうしてそのことを私に話してくれなかったのかしら……？　あやかしである妹を、どう思っていたの？　嫁にやろうとしたのは、もしかして厄介払いをしたかったから？……いいえ、あの優しいお兄様に限ってそんな……）

哀れな娘だと思っていたことは確かだ。しかし、本当の妹だと思ってくれていたのかと疑わしい気持ちになってしまう。

そして、もしかして藤十郎の元へ嫁がせたのは、もしせつながなにかのきっかけで人に危害を加えるようなあやかしになってしまったときに、それを討伐させるためではと考えてしまった。

(そう……だったの。ならば藤十郎様はいい迷惑よね。そんな娘を嫁に、と言われても拒絶するのは当たり前だわ。あやかしの娘なんて……)

それなのにずうずうしくも藤十郎のいる京までわざわざやって来てしまった。藤十郎はうんざりとしたに決まっている。

なんて恥知らずだったのだろう……今すぐ消えてなくなってしまいたい気持ちになった。

(私はきっと、生まれてはいけなかったのでしょう。でも生まれてしまったのだから、咲宮家の一角で暮らせることに感謝して、そこから出ることなんて望まず、人並みの幸せを摑みたいなんてことを望まず、そこで一生を終えるべきでした……)

自分の幸せだけを願って、自分の存在によって多くの人を不幸にした。それに気付いていなかった。

「まあ、この娘をあやかしだと知っていて側に置いていたなんて……！　なんて物好きなんでしょう？」

沙雪は着物の袂を持って、うふふと笑う。

この場の空気は全て沙雪に支配されていた。全ては彼女の手の内だ。

それに気付き、不快に思ったのか、笹塚が再び声を上げる。

「あやかしだと言っても、お前とせつとはまるで違う。お前の仲間のように言うな、せつに失礼だろう！」

（さ、笹塚さん……！）

まさかそんなふうに思ってくれるなんて。せつなは嬉しくなってしまうが、沙雪はもちろんそうではなかったようだ。

「……あなた、先ほどからうるさいですわ。少し黙っていてください」

沙雪がついっと月に向かって手を上げると、その手を笹塚に向かって振り下ろした。

沙雪から生まれた衝撃波を笹塚は刀で受け止めようとするが、それは刀を通り過ぎて笹塚の身体を直撃して……そして笹塚の身体から白い光のようなものが抜け、それは沙雪の元へと飛んでいった。

それと同時に笹塚は意識を失ったようにどうっと地面に倒れこむ。

「……笹塚……！」

佐々木が叫びながら、倒れこんだ笹塚の身体を起こし、頬を叩く。しかしなんの反応も得られない。

「……魂を……抜かれた？」

佐々木は信じられないという表情で藤十郎を見上げる。藤十郎は油断ない目つきで沙雪のことを睨みながら、刀に手を置いた。

「ふふん……、偉そうな口を利いたものだけれど、あっけないものだったわね。さあ、次は誰なの？」

沙雪は勝ち誇ったような笑みを浮かべる。

「そうか、このところ相次いでいた事件は、貴様の仕業だったのか」

「あら？　やっと気付いたの？　第八警邏隊とは、聞いていたよりもずっと鈍い者たちの集団だったのですね」

「……隊長！」

ちょうどそのときだった。

知らせを受けたのだろうか、第八警邏隊の面々が駆けつけてきた。

そしてそこにはもうひとりの男の姿があった。せつなは一度会っただけだが、名前は覚えていた。羽原、藤十郎の兄弟子であったはずだ。

「これは一体どういうことか……！」

羽原は、沙雪に乗っ取られたせつなと、そして倒れている笹塚の姿を見比べた。

「違うのだ、羽原殿……！　これには事情があって」

佐々木が言うが、羽原は聞く耳を持たずにすぐさま抜刀した。

「やはりあの事件の犯人はせつな殿だったのだな……！　うぬぬ……、まさか隊士の魂まで喰らうとは！」

そして刃を沙雪……せつなの方へと向ける。

沙雪はなにも言わずに妖しく微笑んでいる。これではまるでせつなが人の魂を抜いて回っていたあやかしで、正体を見破られた第八警邏隊と対峙していたという構図である。

「……隊長、困ったことになりました」

佐々木は藤十郎にそっと耳打ちをした。

「……しかし……事情を説明したところで状況は変わらない。あのあやかしはせつなの身体の中だ。今すぐに斬らなければ笹塚の魂は返らない。これ以上の犠牲は出せない」

藤十郎は迷っているようであった。それを見ているせつなは、たまらない気持ちになる。

（なす術なんてない……私は沙雪に身体を乗っ取られて、どうすることもできない。これ以上犠牲を増やすくらいならば、この身体ごと沙雪を斬ってもらう以外に道はない……）

倒れこんでいる笹塚の身体を見つめる。

第八警邏隊は橋本を失ってしまったばかりなのだ。そんな中、笹塚まで失うわけにはいかない。京の人々を護るために、なくてはならない人だ。

――こんなことで自分の身が果ててしまうなんて考えてもいなかった。しかし、仕方がないのだ。自分はあやかしであり、どちらにしても藤十郎とは結ばれない運命だったのだ。

「なにを迷っている、藤十郎！　この者は人に仇なす非道なあやかしであったのだ！　今すぐに斬って捨ててしまえ！」

羽原が藤十郎をけしかけるように叫ぶ。

だが、藤十郎は動かない。

そうするしかないにしても、決心がつかない様子だった。それを見てせつなは……今この場で感じてはいけないことかもしれないが、嬉しくなってしまう。藤十郎が自分のために迷っている……あやかしを斬るのは彼の生業であり、使命であるのに。

「自分の妻はあやかしであっても斬れないと言うのか藤十郎！　初音のことは斬ったというのに！」

「それは……」

羽原の言葉で、藤十郎の顔に動揺の色が浮かんだ。

「情けないぞ。初音もさぞかし無念であろう。このままではお前を師匠の正統な後継者と認めることはできない！」

「羽原殿……！　実はあの身体は……」

「黙っておれ、佐々木！　余計な口を挟むな！」

羽原に一喝され、佐々木はさすがにたまりかねた様子だったが、藤十郎に首を横に振られて下がった。

「隊長ができないのならば、俺が……」

佐々木が自分の刀の柄に手をかけるが。

「……いや、やるならば自分の手で……やる、が」

そして切なげに目を細めて、せつなの方を見るのだ。

(私も……どうせならば藤十郎様の手で……。どうせもう助からない)

そう覚悟を決め、藤十郎の一撃を待つがそれはなかなかやって来ない。

藤十郎はせつなを見つめ、とても苦しんでいるように見えた。

(ど、……どうして藤十郎様？)

何を迷っているのか、せつなには分からなかった。

藤十郎は、過去に初音を……あやかしとなった恋人を斬ったことがあると聞いた。

心を通じ合わせた恋人を、である。せつなは妻という身であるが、それは家同士が決めたこと。かつての恋人へのような気持ちがあるはずもない。

しかも、せつなは生まれつきのあやかしである。家族から疎まれ、その存在をなくされていた者である。生まれるべきではなかったような者だ。それを斬るのになんの躊躇いがあるのか。

「ええい、藤十郎よ、なにを迷っている？　信じていた妻の豹変に驚いているのかもしれないが、せつな殿はあやかしなのだ。ここでせつな殿を逃がすことがあっては、更なる被害が出る可能性がある。ここは決断せよ！」

羽原の言うとおりである。ここはせつなは犠牲になるべきである。ここで沙雪の手に乗って、それこそ藤十郎の魂が奪われてしまうなんてことは許されない。なにより、沙雪を野放しにするなんてできない。

藤十郎はそういう判断をする人だろう。

せつなはそう思っていた……のだが。

しかし藤十郎はひとつ息を吐いた後、なんと刀から手を離してしまった。

「無理だ……」

「は？」

「無理だ。隊長失格と言われてもいい。自分の妻を殺すなんてできない。俺には分かる、あの身体の中にはせつながまだいる。それを斬るなどということは……」

「……いえ！　ですが、このままではどのみちせつな殿は殺されてしまうでしょう！　ならば……」

「なんとでも言うがいい。私には無理だ」

そしてせつなのことを見て切なげに目を細める藤十郎を目前にして、胸がぎゅっと締め付けられた。

藤十郎に嫁いで二年、ずっと放っておかれていて、一度だって大切にされているなんて思ったことがなかった。

それなのに、今は違う。

必要とされている、大切に思われているという実感があった。

そして、考えてしまう——自分はどうしたいのか？

決まっている、生きたいと思う。そして願わくは、藤十郎の側に居たい。

そう願った途端、身体に燃えるような熱い感情が湧き上がってきた。

(私も……本当にあやかしならば、人が持ち得ない力がある……はず)

今までは自分のことをなにも知らなかった。

けれども、自分が人とあやかしの間に生まれたと知った今、人とは違うなにかが、自分の中にあるのではないかと考えた。

妻は夫を助けるものであろう。

たとえ夫婦としての実態がないとしても、せつなは藤十郎の妻なのである。夫の危機にあって、しかもそれが自分の関係することであるのに、なにもしないなんてできない。

「ほほほほほっ！　なんと情けない！　女のために刀を納めるとは。数多(あまた)のあやかしたちに恐れられた藤十郎も落ちたものだな！」

まるで勝ち誇ったように笑っている沙雪は藤十郎へと向けて手を伸ばした。

「お望みどおりにしてやろう。いささか拍子抜けだが、な。私の目的はお主のその魂。それが手に入れられるならば不足ない」

そうして沙雪はすっと手を上げた。すると沙雪の周囲に空気の塊が生まれた。そしてその手を振り下ろすとそれは一気に藤十郎へと向かって行った。

危ない、と思ったときには風を切る音が響き、それは藤十郎へとぶち当たった。

先ほどの笹塚のように倒れはしなかったが、その風の刃は藤十郎の身体を傷つけ、頬や腕や脚から血が滴った。

（と、藤十郎様……！　そんなっ）

いつもの藤十郎ならば難なく避けられたものだろう。

しかし藤十郎は微動だにせず、それを身体に受けた。もう争う気はないと示しているように感じる。

「なんだ、つまらないねぇ。少しは抵抗してくれた方がやりがいがあるというものだが……。まあ、いい。楽をできるならばそれに越したことはない」

沙雪が余裕の態度を見せている中で、せつなは考え続けていた。

なんとかしなければならない。

このまま藤十郎が無抵抗のまま傷つけられ、魂を奪われる様なんて見ていられない。

自分にはきっとなにかある。ほんの小さな抵抗かもしれない、でもそれでもいい。

力を使うならば、沙雪が他のことに気を取られているときしかない。静かにそのときを待つ。そして信じる、自分には力があるはずだと。なにしろ、義理の父が自分を畏れて座敷牢に閉じ込めたくらいなのだから。

そして、ふとシロのことが目に入った。

シロがじっとせつなのことを見つめている。沙雪、ではなくせつな、をである。まるでせつなの魂の在り処を知って、その魂に直接なにかを訴えかけているようであった。

役に立ちたい……とそう言っているように感じた。

シロがなぜ自分についてきたのか。

シロは優しい性格の犬である。主人の役に立てなかったことを悔やんでいるのだろう。

それであやかしになった。その思いを果たしたいと訴えかけているように感じた。

(分かったわ、シロ。だったら……お願い。力になって)

沙雪が藤十郎へと更なる攻撃を仕掛けようとするときに隙ができるだろう。機会はその一度しかない。早すぎれば気付かれて抵抗を封じられてしまう。遅すぎれば藤十郎が危うい。

「さあ、お遊びはここまでにしましょう」

そうして沙雪が手を振り上げたとき……やるなら今しかない、とせつなは力を集中した。

私の身体から、今すぐ出て行って！　と強く念じながら。

すると。

「……ぎゃあ！」

せつなの口からではない、せつなの頭の上の辺りから声が降ってきた。

そして次の瞬間、それを待っていたかのようにシロがわん、と一度吠えてせつなの身体に向かって突撃してきた。

そして実体のないシロの身体はせつなの身体を通り抜けていった。

ただ通り抜けたわけではない。シロはせつなの身体からなにかを咥えて引きずり出した。

「え？」

そうしてシロが駆け抜けていった、後方を振り返る。

そう、自分の意志で身体を動かすことができたのだ。それに気付いて、今度は自分の手を動かして見る。……動く。先ほどの小さな叫びも、自分の口から出たものだ。

そして改めて見ると、白蛇のあやかし……沙雪が、シロに咥えられてもがいている。

シロはそのまま白蛇を噛み砕こうとしていたが、白蛇はそのつるりとした身体を翻し、シロの口から逃れた。

「うぬぅ、こしゃくな……」

白蛇は方向転換をして、再びせつなの身体へと向かって来た。

（また身体を奪われてなるものか……！）

強く念じながら手をかざしてそれを防ごうとすると。

「ぎゃあ……！」

見えない膜のようなものが生まれて、それが白蛇を弾き飛ばした。いや、膜などというやわなものではない、まるで全速力で岩壁にぶつかってきて、弾かれて飛ばされたような勢いだった。

白蛇は地面に思いっきり叩きつけられた。

「お、お前……一体なにを……」

そして白蛇はするすると地面を這い竹やぶの中を進んで、そこに隠されていたらしい沙雪の身体に再び取り憑いた。息を荒く吐きながらこちらへと戻ってくると、せつなのことを睨みつける。

「なに……？」

そう問われても自分でも分からずに、ただ自らの手を見つめる。まさかこんな力があるだなんて。自らの力に戸惑い、混乱していた。

身体に力がみなぎっているのが分かった。今ならば、あんなに恐ろしいと思っていた沙雪を難なく排除できると感じる。そう思った途端に、今まで沙雪に強いられた無体に、身体がかっと熱くなり、怒りの感情が暴れ出しそうになった。

「もう、あなたの好きにはさせないから！」

思いっきり叫んだ瞬間に、内なる力が解放された感覚があった。

「ちょっと……！　あなたその姿……一体どういうことなの……！　ま、まさか」

沙雪の目が見開かれ、そこには怯えの光が宿った。

「あれは……天狐……？」

藤十郎の声が聞こえてきた。

ふと自分の手を見ると、爪が伸び、そしてほのかに光を放っていた。

どういうことかとふと月明かりに照らされた水溜まりに映った自分の姿を見て仰天する。せつなの頭には狐の耳がはえ、その耳も髪も黄金に輝いていた。瞳は紅を帯び、目前の者を畏怖させるように輝いていた。

「て、天狐？　ま……まさか天狐様の子に手を出したとは……！　ああっ！」

すっかり怯えきっている沙雪が、今はまるで幼子のように思える。

「今まで私の身体を好きなようにして……！　許せないわ！」

沙雪を睨みつけながら言う。今まで余裕の態度だった彼女が、せつな相手に明らかに怯んでいる。

「う、うぬぅ……！」

沙雪が手を振り上げると、そこから衝撃波が生まれた。

せつなは、自分でも信じられない速さで動いてその衝撃波を避けることができた。せつなのすぐ横を掠めていった衝撃波が後方の竹林に向かい、派手な音を立てて竹がはじけ飛ぶ。

ふと、横を見るとせつなに寄り添うようにシロの姿があった。まるで主人の指示を待っているようだった。

そして、せつながシロの身体に触れるような仕草をすると、今まで触れられなかったシロに触れることができた。

「え……」

戸惑って一旦手を引っ込めて、今度は頭を撫でると、確かに触ることができた。そしてせつなが触れたことによってシロの身体に炎が灯った。これが、せつなのあやかしとしての力なのだろうか。

シロはその瞳をせつなへと向けて、ふんと鼻を鳴らした。指示をくれと言っているように思えた。

「シロ、お願い」

そう言うとシロは全てを了解したとばかりに一気に駆け出し、沙雪に飛びかかり、その喉笛に向かって喰らいついていった。

しかしさすがというべきか、沙雪は素早く手を振ってその攻撃を避けた。しかしシロはその腕に深く喰らいついた。

「ぎゃあ！」

叫んだ沙雪は腕ごとシロを振って離れようとするが、シロの牙はその骨ごと砕き、腕を千切ろうという勢いで喰らいつき、決して沙雪の腕から離れようとしない。

痛みに耐え切れなくなったのか、沙雪は地面にどうっと倒れこんだ。

「シロ、一旦下がって」

そう言うとシロはあっさりと沙雪から離れ、こちらに歩いてきてせつなの後ろについた。

せつなは沙雪の方へと歩き、地面へと倒れこんでいるその顔を覗き込んだ。

「もうあなたに勝ち目はないわ」

沙雪は口惜しそうな表情をして、せつなを見上げている。あれだけ強い者が好きと言っていた沙雪である。格下だと思っていたせつなにこんな目に遭わされて、戸惑っているように見えた。

「笹塚さんの魂を返して、それから、今まであなたが奪った魂も」

そしてせつなは静かに語りかけ続ける。

「そして、もうこんなことはしないと約束して。そうすれば見逃してあげるわ」

「ええ……そうね」

沙雪は浅い呼吸を繰り返しながら、小さく頷いた。

「こんな目に遭わされて……抵抗しようなんて思わないわ。大人しくあなたに従います」

「そうですか。よかった……」

「ええ、そうね」

そう言った途端、沙雪が目を見開いた。

なにを、と思ったその次の瞬間。

「せつな、危ない！」

その声が聞こえたのと、自分の身体がなにかに抱き上げられたと感じたのは同時だった。

そしてせつなの鼻先を鋭い風の刃がかすめていった。沙雪がせつなに向かってそれを放ったのであった。小さな舌打ちの音が聞こえて、そのまた次の刹那には。

「うぎゃぁぁぁぁぁぁぁぁ」

空を駆け上がっていくような悲鳴が響き、見ると沙雪の頭には深く刀が突き刺さっていた。その刀を振るったのは……藤十郎であった。藤十郎はその左腕で沙雪の攻撃からせつなを護るためにせつなを自分の方へと抱き寄せ、右手に持った刀を沙雪の頭に突き刺していた。

「と、藤十郎様……」

そんなお怪我で、と言おうとしたが、それよりも先に。

「大丈夫か、せつな。怪我はないか……と、鼻先が切れてしまっているではないか。すまない、一瞬動きが遅れた」

そう言う藤十郎は血だらけであった。沙雪の先ほどの攻撃のためであろう、頬からも血が流れ、頬をつたって滴り落ちていた。

「藤十郎様こそ、そんなお怪我で……」

「こちらは大したことがない。浅く傷ついているだけで、見た目ほどの傷ではない。動くのに妨げになるようなものではない」

「それは安堵いたしましたが……」

　藤十郎はふっと笑ってから、沙雪の頭から自らの刀を引き抜いた。

「自分を攫って身体を奪ったあやかしに情けをかけるとは……まったくせつならしいが、しかし油断は禁物だ」

「ええ、申し訳ありません……と、そうでした」

　せつなは藤十郎の腕から離れ、沙雪の前に立った。沙雪は目の色を失いつつあり、もう長くないことを予感させた。本当は心を入れ替えてくれたらここまでは、と思ったが、もうどうしようもなかった。

「……このあやかしが奪った魂を返して」

　そうしてふっと人差し指を動かすと、たったそれだけの動作で沙雪の身体から小さな光の玉がいくつか生まれ、そのうちのひとつは笹塚の身体へ、他の光は天高く上ったかと思うと、散り散りにそれぞれの場所へと飛んでいった。

　そして、その次の瞬間、沙雪の身体はみるみる朽ちていき、地面に吸い込まれるようにして消えていった。

　それを見届けた途端、せつなの身体を取り巻いていた金色の光は消え、そして。

「あ……」

　不意に疲れが襲ってきてその場に倒れこみそうになったところを、藤十郎の腕が再びせつなを受け止めた。

「……大丈夫か、せつな」

優しく問われ、大丈夫です、と答えたかったが疲労のためなのか声が出てこなかった。

僅(わず)かに頷くと、藤十郎は心底ほっとしたような表情となった。

その顔を見て安堵し、そして思い起こす。沙雪を弾き飛ばし、シロの身体に力を与えたあの力はなんだったのだろう。

「シロ……ありがとう。あなたのおかげよ」

少し離れたところに居たシロに呼びかけると、シロはせつなの側までやって来て、とても誇らしげな顔をして、尻尾(しっぽ)をぶんぶんと振った。

「……そうか、シロはせつなの式神となったか」

藤十郎がそう声を掛けると、シロは少し申し訳なさそうにしながら、わん、と吼(ほ)えた。

……本懐を遂げられたのだろうか。

それがシロにとっての望みだったのだろうか。

シロはただせつなの側にいて、満足そうにせつなを見つめていた。そしてその身体に触れようとすると……こんどはその手がシロの身体を通り抜けていった。どうやら、せつなが先ほどのあやかしの姿になったときだけ、シロは実体を持ってせつなのために闘ってくれるようだった。

「まさか……こんなことが」

少し離れた場所から声が聞こえ、見ると羽原が顔を強張らせていた。

「まさか天狐……？　あんな小娘が」

（天狐……？　確か藤十郎様もそう呟いていたけれど）

それがなにかせつなには分からなかったが、どうやら沙雪が言っていた取るに足らないくらいに弱い妖狐ではないようだ。

「……細川、少し見てやってくれないか」

そう声を上げると、ふたりの様子を遠巻きに見ていた細川がすぐにせつなの側にやって来て、大丈夫か、と言いながら身体の様子を見てくれた。

そして、藤十郎は羽原の方へと歩み寄っていった。

「羽原殿……。こんなときに申し訳ないが……少々お聞きしたいことがあります」

「な、なんだ急に」

羽原が戸惑いの表情を浮かべるのが気になる。

「橋本のことです。橋本、そこに居るな？」

その声に応えるように、竹林の陰から橋本がゆらり、と姿を現した。

まだ沙雪が橋本に新しい身体を与える前だったのだろうか。そういえば、沙雪がせつなの身体を乗っ取る儀式をしたときに、倒れていた見知らぬ男の姿がない。この騒ぎに意識を取り戻し、恐れをなして立ち去ったのかもしれない。

「……お前がせつなを連れ出して、ここまで連れてきたのか？」

橋本は力なく項垂れながら、小さく頷いた。

「そして、それをけしかけたのは羽原殿、あなたですね？」

「は……？　なんのことだ？」

「……橋本は、あやかしになったとしても、こんなたわけたことを企んだとしても、第八警邏隊の一員だったことに間違いはない。あんな訳の分からないあやかしの言うことになど聞く耳を持たないだろう。だが、私の兄弟子であるあなたの言うことならば違う」

藤十郎の怖いくらい真摯な眼差しが羽原へと向かっている。身体が大きく、少しのことでは動じないように見える彼が、身体を強張らせていた。

「なっ、なにを言っている？」

「あなたが、せつなが我が隊に仇をなす者であると言い、そして我が隊を守れるのはお前しか居ないと橋本をけしかけたのではないですか？　そしてとあるあやかしの力を借りれば新しい身体を手に入れられるかもしれない……それは実体をなくした幽鬼にとってはとても魅力的な誘いだ」

「は……！　ばかなことを！　なにを言う」

そう吐きだすが、羽原からは動揺の表情が読み取れる。言葉とは裏腹に、その通りだと認めているようなものだ。

「気になっていたのです……。せつなが行方不明になったときに、今起きている事件の犯人はせつなに違いないと決め付けているようで。冷静なあなたらしくない、そう判断する材料などほとんどなかったというのに。まるでせつなを犯人に仕立て上げて、その上で先ほどのあやかしに取り憑かれたせつなが犯人であるようなことをうかがわせ、私にせつなを斬るように仕向けているような……」

「なにを言う！　いい加減にしないか！　いくらかわいい弟子の言うことでも、さすがに聞き逃せないぞ」

羽原は自分の腰に差していた刀の柄に手をかけるが、藤十郎はなおも続ける。

「許せなかったのではないですか？　あやかしとなった初音は私の手で斬られ、その罪を負ったはずの私は妻を迎えて幸せになろうとしている。あなたは口では私のことを許したと言っておきながら、本心ではそうではなかった。初音のことは、どんなに詫びたところで許されないことは重々承知しています。ですが、それにせつなを巻き込むのは許せません」

「黙れ！」

興奮した様子の羽原が刀を抜き藤十郎へと襲い掛かってきたが、藤十郎は目にも留まらぬ速さで自分の刀を抜き、その一太刀を難なく受け止め、そして羽原を押し飛ばした。

「……橋本、今私が言ったことに間違いがあるか？」

再び橋本へと視線を向け、愁いに満ちた表情で尋ねる。

「………。そういう企みでしたか。そんなものに乗ってしまうなんて、俺はなんと愚かな……」

両手で顔を覆って、その場に崩れ落ちた。その様子を見て、せつなを攫ったときの橋本ではなく、屯所でせつなに優しくしてくれたあの橋本に戻っているように感じた。

(橋本さん……やっぱり橋本さんだ……)

せつなの胸は切なく締め付けられた。

隊のことを第一に考え、不意に現れたせつなに親切にしてくれた。この世界にはもっと違う生き方があると教えてくれた。誰でも自由に生きられる時代がきっと来ると言ってくれた、あの橋本だった。

「橋本はこう言っていますが……」

「お、お前は私よりもそんなあやかしのことを信じるのか！」

地面に倒れこんでいた羽原は立ち上がりながらそう吼えるが、藤十郎はただ悲しそうな表情で羽原を見つめるだけであった。

「この刀は人を斬るための刀ではありません。いわんや、兄弟子であるあなたを斬るなんてことはしたくない。だが、これ以上我が妻に危害を加えようとするのならば、私は私の考えを改めないといけないかもしれない……」

「私を斬ろうと言うのか？」

「そうしたくないと言っています。あなたがあなたの罪を認めないと言うならば、それでいい。ただ、もう二度と私とせつなの前に現れないでいただきたい」

「なんと生意気な。いつからそんな口を利くようになった？」

羽原の声に、もう藤十郎は答えない。ただ静かに羽原を見つめるだけだ。

凍りつきそうな白い光を放つ月の下、ふたりの男が向き合ったまま沈黙が続く。

やがて羽原は大きく息をつき、地面に転がっていた自らの刀を拾い上げてそれを鞘（さや）に納めた。

「……いつか、必ず後悔する日が来るぞ。そんな者を妻にするとは……」

「もしそうだとしても、俺はせつなと生きていく決意をしたのです」

「ふん、いつまでそう言っていられるかな？　なにかのときに俺を頼ってももう遅いぞ」

そして羽原は藤十郎を一瞥（いちべつ）して、そのままゆっくりと歩いていってしまった。

せつなはその寂しげな後ろ姿を見ながら、やりきれない思いとなった。自分を陥れた人物……だったのだろうが、憎いという気持ちは湧いてこない。

「……藤十郎様」

橋本が項垂れながら藤十郎の前に立った。

「俺は……ずっと第八警邏隊でいたくて……」

今までの、どこか余裕を感じさせる橋本のようではない、こちらまで苦しくなるような、泣きそうな声を出していた。

「死んだからと、第八警邏隊でなくなるわけではない。だからお前が幽鬼となった後も、隊の屯所に出入りしていても許していたのだ」

「隊長……」

「だが、人に危害を加えようとしたお前は、もう第八警邏隊たる資格はない」

「ああ……そうですよね。分かっていたんです……分かって、いたのに。……覚悟は、できています」

「…………。そうか」

うつむく橋本に、藤十郎は鞘から刀を引き抜いた。

「ですが、最後に、いえ、最後まで俺のことを理解してくれて、信じてくれて……嬉しかったです。俺、藤十郎様に会えて、第八警邏隊に入れて、本当によかった。……ああ、それからせっちゃん」

橋本は輝くような笑みを浮かべて、せつなの方へと視線を投げた。

「本当にごめん。謝っても許されないことだとは思うけれど。でも、せっちゃんのこと好きだったよ。君がいるだけで屯所の雰囲気が明るくなった。君が来るまでは……俺が死んで間もなかったから、屯所は毎日がお通夜みたいだったのにな」

そうして軽口を言う橋本は、きっと生きていた頃と同じ橋本だ。一時はその心を失っていたが、戻ってきてくれた。

「隊長と、第八警邏隊のこと、頼んだよ。せっちゃんにならば任せられる気がするんだ。それなのに、本当にごめん……」

せつながそっと首を横に振ると、橋本はそれに満足したように頷いた。

「……もういいか？」

「はい……」

橋本が頷くと、藤十郎は素早く刀を抜き、あっと言う間に橋本を斬った。

橋本の身体は消え去り……そして蛍のような淡く小さな光が生まれた。それは、しばし逡巡するように空を漂い、それから月の光に吸い込まれるように高いところに上がっていった。

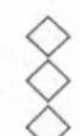

「……私、せつなって名前が嫌いだったんです。せつなって、一瞬って意味でしょう？
そんな儚い、人から必要とされない者のように思えたから。座敷牢に閉じ込められて、こ

のまま人知れず消えてなくなってしまうのかと思っていました」

あの事件があった翌朝のことだった。

せつなが意識を取り戻し、慌ただしく医師が呼ばれたが、身体の異常はなにもなく、ただ疲れているだけだろうから養生するように、と言われた。

医師が帰った後も、藤十郎はせつなの部屋を立ち去ることなく枕元に座っていたので、それで気詰まりになってしまいついつい話してしまった。

「でも、まさか私があやかしの血を引いていて、それで父に畏れられて、座敷牢に閉じ込められていたとは知りませんでした」

「私は……実はかなり早い段階からせつなの兄である駿一朗にあれこれと聞かされていた」

「そう……だったのですか？」

「駿一朗とは頻繁に文のやり取りをしていた。父上が亡くなったというので、お悔やみの文を書いているときに本人がやって来たので驚いた。……あやかしとの間に生まれた妹がいた、と急に言われて、なにがなんだか分からなかったのだが」

「兄もどうしていいか分からなくなって……それであやかし退治をしていた藤十郎様に相談を」

しかし兄は、せつながあやかしだなどと本人には明かさなかった。

恐らくは父が残した日記かなにかに、せつながあやかしとの子であることが記されていたのだろうと想像する。兄は急に当主の座を継ぐことになり、父の遺したものをよく読んでいた。

「実は、あやかしと人との間に生まれた子というのは稀に存在する」

「……え？　そうなのですか？　私以外にも……」

「ああ。私も一度だけ会ったことがある。だが、普通の人と何も変わらない。ただ、突然自分でも制御できないような力に目覚めることもある。心配ならば封じの力を宿した石でも身に着けさせればいいと言った」

「もしかして、これが……」

そう言われて驚いて、せつなは首から提げていた小袋を取り出し、更にそこから母の形見だと言われて渡された赤い石を見つめた。

「これは、母の形見だと言われて……大切なものだから、肌身離さず持つようにと」

「本人があやかしだと知らないのならば、わざわざ知らせる必要もあるまいと言った」

「そう、だったのですか……。でも、兄はきっと私のことを疎ましく思ったでしょうね。急に現れた妹があやかしだったなんて……」

兄の心情を思うと申し訳なく思う。ちゃんとした人として生まれて、普通の妹として存在したかった。

「……いや、とてもそうとは思えなかったがな」

藤十郎は腕を組み、首を傾げる。

「いえ、普通は疎ましく思うでしょう。なにしろ父は私を座敷牢に閉じ込めて、その存在を咲宮家から消そうとしていたくらいです」

「駿一朗は母を早くに亡くし、父まで亡くし、家族がいなくなり途方に暮れていたときに、妹の存在を知って嬉しかったと言っていたが」

「え……？」

「だから、妹が人として暮らせるように知恵を貸して欲しいと言われたのだ。このまま座敷牢に閉じ込めておくのは忍びない。だからと言ってあやかしなんて恐ろしいものを外に出すのは、と……いや、まるでせつなのことを恐ろしいとは思えなかったそうだが、だがあやかしであることには変わりない。人と同じ暮らしをさせていいものかと悩んでいた」

「では、兄は私を邪魔に思っては……？」

「そんなふうに思えたか？」

「いいえ」

兄はいつもせつなのことを気遣ってくれていた。今まで不幸だった分、幸せになって欲しいと言っていた。

その言葉に嘘偽りはなかったのだ。むしろ、どうしてそれを疑ってしまったのかと自分が恥ずかしくなった。

「せつなからあやかしの気配は確かにしたが、それは弱いもので、このまま本人も気付かずに人として暮らすことになんの問題もないと確かめられた……のだが」

藤十郎は意味ありげに瞳を伏せて、小さく息をついた。

「しかしまさか天狐だったとは……乗っ取られた身体を自ら取り戻し、あんな強いあやかしを難なく倒してしまうなどと。しかも、シロを式神として従えていたとは。そんな小さな石では抑えきれないような力を持っていたようだな」

「あれは……私もよく分かりません。少し念じただけなのです、私の身体から出て行け、と。そしてシロの助けがあって……そんなことでよいのならば、もっと早くに追い出せばよかったです」

「せつなは力が弱いあやかしかと思っていたが、逆だったようだ」

「天狐……とおっしゃりましたが？」

「せつなはあやかし、というよりも神の眷属に近い者だと思えた。いやはやまさか……あやかしの気配が薄いはずだ」

「神……ですか？」

それが信じられなくて、ぽかんと口を開けてしまう。

しかし、そう言われるのならばそうかもしれないと思うほど圧倒的な力だった。

「……実は、この話は口止めをされているのだが」

「でも、そう言ってくださるということは、その秘密を話してくださるんでしょう?」

「ああ。せつなの父……駿一朗の父がどうしてせつながあやかしと気付いたのかという話なのだが。そもそもはその出生の時期から自分の子ではないのではないかと疑ったそうだ」

父は仕事でよく家を空けることがあったようだ。

その留守の間に不義密通があり、その結果せつなが生まれたと疑ったのだろう。

「駿一朗の父は憤り、まだ生まれたばかりのせつなを……その、殺そうとしたそうなのだ」

まさかそんなことがあっただなんて、想像もしていなかった。しかし、一方でやりかねないと思ってしまう。それほど父は、激高するとなにをするか分からない人だった。

「だが、殺せなかったという……」

「それは……一体どういうことでしょうか?」

「それでこの子は人ではないと気付いて、畏れて座敷牢に閉じ込めた、ということらしいのだ。その話から気付くべきだったかもしれない。なにか恐ろしい目に遭ったのではないか、と。せつなからあやかしの力をあまり感じないのは、その力が弱いのではなく、強い力でそれを封じているからだ。なにしろ、シロを式神としているくらいだからな」

「シロは、ただ困っている私を助けようとしてくれただけで。式神……というのは?」

「主(あるじ)がいなければ、あれだけの力を得ることはできない。自覚がないかもしれないが、せつなはシロを使役していたのだ。だから奥沢から付いて来た」

　そのようなこと、せつなには信じられない。今まで生活していく中で、あやかしの力などなにも感じたことがなかった。

「あの沙雪というあやかしだが」

「はい」

「せつなは難なく退けていたが、かなりの力を持ったあやかしだ。一見してあやかしだと気付けなかったくらいだからな。それをあんな容易に……かなり驚いた」

　せつなは自らの手へと視線を向けて、手を開いて、握ってみた。

「あの……そのような力があるあやかしだとしたら、もう人の間で暮らすことはできませんよね？　藤十郎様のお側に居ることも……」

「いや、その逆だ」

「え……逆、ですか？」

「私は第八警邏隊の隊長をしている。私の側に居れば、危険なことも多いだろう。だが、せつなほどの力を持っていれば、襲ってきたあやかしがいたとしても、難なく撃退できるだろう。それに、まさか天狐の子を祓おうなんて者もいないだろう。いや、祓おうとしても無理な話なのだが」

「そう……なのでしょうか」

「だから、私の側に居てくれ」

　藤十郎はせつなの手に自分の手を重ねた。その途端に彼のぬくもりがつたわってきて、それはせつなの心にまで染み入ってくるように感じた。

「お前を傷つけるようなことがあっては、と思い、奥沢に帰す決意をした。羽原……兄弟子にせつなが人の魂を奪っているあやかしではないかと疑われ、絶対にそんなことはないとは思ったが、そう疑いを向けた者がせつなを傷つけるかもしれないと思い、一旦京からは離そうとしたのだ」

「そ、そうだったのですか？　でしたらそう話してくだされればよろしかったのに。私、てっきり藤十郎様に嫌われたのかと……」

「あのときはせつながあやかしだとは明かしていなかったので、事情が上手く説明できなかったのだ。そんな誤解をさせていたならばすまなかった」

　そう説明されると、確かに仕方がなかったなと納得できる。ただあの時に感じた寂寥を思うと、嘘をついてでも、もっとなんとか上手く説明してくれたらよかったのにとは思う。

「そのことがなければ、ずっとこちらに置くつもりだった」

　思いがけない言葉に戸惑ってしまう。

　せつなの安全を考えて奥沢に帰るように言ったただなんて分からなかった。ただ、妻として認めるわけにはいかないから奥沢に帰れと言われたのだとばかり……。遠回しに離縁を申し入れているように思えていた。もう離れなければいけない、と落胆していた。

「え……そんな。あやかしである私を、ですか？」

「あやかしであるかないかなど、関係がない。私はあやかしと多く接しているから知っている。あやかしであるかしの中にも善良で、人と共に生きたい、人の役に立ちたいと思っているあやかしもいるのだ。お主のその優しい心根で、人に害をなすあやかしになるとはとても思えない。むしろ、人のためならば命すら懸けるような者だ」

『決して人を憎んではいけません。それが、あなたが生きる唯一の道です』

母に何度も言われた言葉だ。

ならば人の間で暮らしていける……それはこういうことだったのだろう。

「今思えば駿一朗はなにもせつなのためだけを思って、私の元へ嫁がせたのではなかったのだろう」

「それは一体どういうことでしょう？」

「……駿一朗は、あやかしとの戦いの中で親しい人を亡くしてしまった私のことを心配していたのだろう。だから、大切な妹を私のところへ嫁がせることに決めた。きっとせつなが私を守ってくれると、分かっていたのだろう」

兄が本当にそこまで考えていたかは分からない。

だが、藤十郎がそう思ってくれるならばこれほど嬉しいことはない。

ふと、藤十郎の後ろに誰かの影が見えたような気がした。

目を凝らすと、それはいつぞやせつなが甘味処に居たときに話しかけてくれた、桜の髪飾りをつけた女性だった。まるでしゃべるなとばかりに唇に人差し指をあてて、そして優しい眼差しを藤十郎に向けていた。その様子を見て、彼女があやかしであったのだと初めて分かった。

彼女は、あやかし退治も大切だが、藤十郎は結婚して幸せになってもいいのではないかと言っていた。

（もしかして……初音さん……なのかしら？　いいえ、それは私の勝手な思い込みだけれど、でも）

その女性は、一時だけ藤十郎に寂しげな眼差しを向けて、でもすぐ輝くような笑顔をせつなに向け、ふっと掻き消えた。

せつなとのことを許してくれたのだろうか。都合のいい考えだったが、しかし、藤十郎が思いを寄せた女性ならば、自分亡き後の藤十郎の幸せを願った気がする。

（幸せに、なってもいいの？　あやかしである私が……父に疎まれ、母を悲しませた私が……？）

そんなことを考えていたときに、不意に雨音が響いてきた。

にわか雨か、と思うが周囲は明るいままだ。どうやら天気雨のようだった。横たわったままで庭の方を見ると、太陽の光を浴びて輝いている庭木が、雨に濡(ぬ)れている不思議な光景が広がっていた。

「天気雨か……」

藤十郎も庭の方へと視線を向けていた。

「狐(きつね)の嫁入り、とも言うな」

「ええ、そうですね。ああ……」

狐の嫁入り……なんて今の自分におあつらえ向きな天気だと思うと笑みがこぼれた。天に昇った初音が降らせてくれたのだろうか……そう考えた途端、なぜかせつなの頬を涙がつたった。

今までどれほど辛(つら)くても、自分が不幸だと落ち込んだときも流れたことがなかったのに。

藤十郎はせつなの涙を親指で拭(ぬぐ)うと、せつなの唇に口付けを落とした。

そうして二年の歳月を経てようやく夫婦としての誓いを交わしたふたりは、これから長く共に歩んでいく一歩をようやく踏み出すことができたのであった。

終

お便りはこちらまで

〒一〇二―八一七七
富士見L文庫編集部　気付
黒崎　蒼（様）宛
AkiZero（様）宛

富士見L文庫

せつなの嫁入り

黒崎 蒼

2021年5月15日　初版発行
2022年2月5日　再版発行

発行者　青柳昌行
発　行　株式会社 KADOKAWA
〒102-8177　東京都千代田区富士見2-13-3
電話　0570-002-301（ナビダイヤル）

印刷所　株式会社 KADOKAWA
製本所　株式会社 KADOKAWA
装丁者　西村弘美

定価はカバーに表示してあります。　◆◇◇

●お問い合わせ
https://www.kadokawa.co.jp/（「お問い合わせ」へお進みください）
※内容によっては、お答えできない場合があります。
※サポートは日本国内のみとさせていただきます。
※Japanese text only

ISBN 978-4-04-074094-2 C0193